검사를 목표로
입학했는데
마법적성
9999
라고요?!
4
저자 : 넨쥬무기챠타로
일러스트 : 리이츄

왕도의 새로운 명물은…… 라멘!
하나로리 패션으로 문전성시!

“저기……
무슨 일이라도 있나요?”

니나
란정 앞에서 만난 소녀.
외모는 로라와 또래로 보이지만
어째선지 열여덟 살이라고 하는데……?

어머니.
오늘이야말로
끝내요……!
왕도를 위협하는 도시 전설……
로라와 대현자가 힘을 합친다!
© 2017 Riichu

검사를 목표로 입학했는데 마법적성 9999 라고요?! 4

저자 : 넨쥬무기챠타로
일러스트 : 리이츄

CONTENTS
— 목 차 —

검사를 목표로 입학했는데 마법적성 9999라고요?!

4

저자 : 넨쥬무기챠타로
일러스트 : 리이츄

프롤로그

요즘 들어 로라와 샬롯은 마법에 관해서 똑같은 문제를 안고 있었다.

그것은『진지하게 싸워야 할 때는 익힌 기술을 총동원할 수 있지만, 사소한 일상에서는 자기가 무엇을 할 수 있는지 잊어버린다』는 문제였다.

특히 두드러지는 것은 비행 마법이었다.

평범하게 살아가면서 사람이 하늘을 나는 장면을 볼 기회는 많지 않다.

그래서 로라도 샬롯도 자기가 날 수 있다는 사실을 때때로 잊어버렸다.

따라서 비행 마법을 일상화했다.

걸핏하면 비행 마법을 써서 몸에 저절로 스며들게 하는 것이다.

그 소풍이 끝난 뒤, 이불 속에서 그런 방침을 세우고 그렇게 하자고 서로 다짐했다.

그러나.

샬롯은 조금 과한 게 아닐까.

아무리 비행 마법을 일상화한다고 해도 이론 수업 중에는 하지 않는 것이 좋다.

"샬롯! 내 수업을 진지하게 들을 마음이 있는 거야?!"

이렇게 에밀리아가 화를 내는 것도 당연했다.

샬롯이 비행 마법을 써서 엉덩이를 의자에서 살짝 띄우고 있으니 말이다.

그것도 수업 내내.

그런 상태로 태연한 얼굴을 하고 있다면 제법이겠지만 그런 부자연스러운 자세로 계속 떠 있는 것은 역시 힘든 모양이다.

허벅지와 어깨가 덜덜 떨리고 얼굴도 새빨갛다.

에밀리아의 입장에서 보자면 그야말로 놀리는 걸로 보일지도 모른다.

"열심히 집중해서 듣고 있어요……!"

"정말이야? 그럼, 이 문제의 답을 칠판에 적어 봐."

그 문제는 기본적인 트랩형 공격 마법의 마법진을 그려보라는 것이었다.

"네!"

샬롯은 자신만만하게 자리에서 일어났다.

그러나 부유 마법을 중단하고 평범하게 일어나면 될 것을, 발바닥을 살짝 띄운 채로 칠판 앞으로 걸어 나가는 어려운 일에 도전했다.

이럴 바에야 그냥 날아가는 게 그나마 쉽다.

그 결과, 마력 조절에 실패하여…… 기세 좋게 떠올라 천장에 머리를 찧었다.

꽝 하는 격렬한 소리를 교실에 퍼뜨리며 그대로 낙하했다.

쿵 하고 얼굴로 바닥에 다이빙을 했다.

학생들의 비명과 웃음소리가 동시에 퍼져 나갔다.

"으악! 샬롯. 괜찮아요?!"

"정말, 뭐야! 왜 너희들은 말썽만 일으키는 거야!"

로라와 에밀리아는 황급히 샬롯에게로 달려가 함께 샬롯을 안아 일으켰다.

다행히 출혈은 없었지만 완전히 기절 상태다. 커다란 혹도 생겼다.

에밀리아가 뺨을 찰싹찰싹 때리자 샬롯은 눈을 뜨더니 주위를 두리번거렸다.

"제, 제가 왜 교실에…… 분명 꽃밭에 있었는데."

"수업 중에 멋대로 죽을 뻔하지 마!"

그 후로 수업이 끝날 때까지 15분 동안, 에밀리아의 설교 시간이 이어졌다.

샬롯은 칠판 앞에서 의기소침한 모습으로 무릎을 꿇고 앉아 있었다.

그런 샬롯이 가여워서, 로라도 같이 무릎을 꿇고 의기소침해져

봤다.

※

“우우……. 전 그저 비행 마법 연습을 하고 싶었을 뿐이에요……. 어째서 마법학과인데 마법 연습을 한다고 혼이 날까요…….”

방과 후, 학교 건물 뒤쪽에서 샬롯은 울상이 되어 있었다.

그것도 당연하다고 생각하면서도, 로라는 자기보다 나이가 많은 룸메이트를 달랬다.

“실기는 실기, 강의는 강의예요. 샬롯.”

“강의를 들으면서 실기 연습을 해도 되잖아요?! 실제로 나는 그 마법진 문제를 풀 수 있어요!”

“하지만 칠판까지 가지 못했고…… 더구나 천장에 머리를 찧어서 수업을 방해했으니 혼이 날 수밖에 없어요.”

“우우……. 로라는 정론으로 날 괴롭히고 있어요…….”

그야 사실이니까.

어쩔 수 없지 않은가.

그런 짓을 계속한다면 샬롯은 불량소녀가 되고 만다.

가혹한 말을 해서라도 그만두게 해야 한다.

로라가 그런 어울리지도 않는 생각을 하는데, 만나기로 약속한

찰싹
찰싹
찰싹

안나가 반갑게 뛰어왔다.

"기다리게 해서 미안! 교실 청소가 길어지는 바람에."

"청소 당번이었군요. 괜찮아요. 늦지 않았어요. 아직 미사키도 오지 않았고요."

때마침 미사키의 활기찬 목소리가 들려왔다.

"늦었습니다! 부탁하신 물건을 가지고 왔습니다."

귀를 쫑긋쫑긋, 꼬리를 살랑살랑거리면서 나타난 미사키는 어깨에 빗자루를 짊어지고 있었다.

로라가 부탁했던 물건이다.

"우와. 미사키. 고마워요. 이제 하늘을 산책할 수 있어요."

그렇다.

비행을 습관화하기 위해 로라와 샬롯은 공중 산책을 일과로 삼으려는 것이다.

그러나 안나와 미사키는 날 수가 없어서 공중 산책에 함께하지 못한다.

그래서 어제는 미사키가 로라의 등에, 안나가 샬롯의 등에 타고 날았다.

그러나 로라와 샬롯은 마력량이 상당히 차이가 난다.

똑같이 한 사람을 등에 태우고 날면 속도에 차이가 생기고 만다.

그럼에도 샬롯은 필사적으로 따라잡으려고 노력했다. 그것이

등에 탄 안나를 못 견디게 공포스럽게 했던 모양이다.

그래서 로라가 빗자루를 띄워서, 빗자루 뒤에 안나와 미사키를 태우기로 했다.

이렇게 하면 샬롯은 혼자서 가뿐히 날 수 있다. 로라도 핸디캡을 지니 딱 좋다.

"핸디캡이라니 자존심 상해요! 빨리 로라를 뛰어넘고 싶어요!"

"자자. 경쟁도 좋지만 오늘은 다 같이 즐겁게 공중 산책을 해요!"

"삐!"

"어? 하쿠는 혼자서 나는 거예요?"

"삐—."

하쿠는 로라의 머리에서 뛰어내려, 자기 날개로 모두의 주위를 빙글빙글 돌기 시작했다.

마법이 아니라 날갯짓을 해서 날아도 기분이 좋을 것 같다.

그러나 로라에게는 날개가 없기에 이것만큼은 포기하는 수밖에 없다.

"그럼 가요! 안나, 미사키. 빗자루에 타세요!"

먼저 로라가 빗자루에 타고, 안나와 미사키가 차례대로 그 뒤에 탔다.

그리고 로라가 마력으로 빗자루 전체에 부력을 주자, 두둥실 지면에서 떠올랐다.

빗자루는 천천히 고도를 높여, 학교 건물보다 높은 곳까지 올라갔다.

"삐—."

하쿠가 그 뒤를 따랐다.

아직 어린데도 하늘 높이 날 수 있다니. 장하고 사랑스럽다.

"나도 가요!"

샬롯은 부웅 속도를 올려 빗자루와 하쿠를 앞질렀다.

아득한 상공에서 로라 일행을 내려다보며 어쩐지 우쭐한 표정을 지었다.

"샬롯. 경쟁이 아니라고 했잖아요!"

"어머. 미안해요, 로라. 내가 높은 곳을 좋아하거든요."

[#1]무엇과 연기는 높은 곳을 좋아한다고 들은 적이 있는데, 뭐였더라.

로라는 기억이 나지 않아서 잠자코 고도를 높였다.

"아아. 어쨌든 하늘을 나는 건 언제 해도 기분이 좋네요!"

로라는 작아져가는 학교를 바라보면서 진심으로 중얼거렸다.

"정말입니다! 로라에몬 씨, 샬롯 씨, 안나 씨와 친구가 된 덕분에 귀중한 체험을 할 수 있습니다."

"난 특수 마법 적성이 없어서 노력해도 하늘은 못 날 것 같아.

#1 무엇과 연기는 높은 곳을 좋아한다고~ 일본에는 '바보와 연기는 높은 곳을 좋아한다'라는 말이 있다.

유감이야."

"안나 씨는 그만큼 강화 마법과 근력을 단련해서 점프력으로 모자란 부분을 보완하는 겁니다. 굉장히 높이 점프하면 나는 것이나 마찬가지입니다."

"듣고 보니! 그거 좋은 생각…… 아니야. 역시 그 논리는 이상해."

"거부당해버렸습니다."

"삐!"

비로소 샬롯이 있는 고도까지 올라갔다.

멀리 보이는 오이세 산의 꼭대기와 맞먹을 정도로 높다.

로라를 500명쯤 쌓은 높이다.

"자자. 어느 쪽으로 날까요?"

"메젤 강을 따라 내려가는 건 어때요?"

샬롯이 그렇게 제안했다.

"아하. 메젤 강은 커서 하늘 위에서도 놓칠 일이 없으니까요. 알기 쉽겠어요. 그렇게 해요!"

메젤 강은 미사키의 고향인 오이세 산에서부터 왕도 근처를 흐르는 큰 강이다.

언젠가 그 강의 하류에 리바이어던이 나타나 파자마레인저가 첫 출전을 장식한 일이 있었다.

하쿠의 알이 둥실 떠내려 온 것도 이 강이다.

더욱이 메젤 강을 따라 내려가면, 로라의 고향인 밀레베룬 마을에 닿는다.

여러모로 인연이 깊은 강이다.

"그럼 출발해요. 하쿠, 잘 따라와요! 길을 잃으면 안 돼요!"

"삐—."

※

처음에는 어엿한 공중 산책이었다.

다리가 여섯 개 달린 자이언트 바이슨 떼가 초원을 이동하는 모습을 바라보기도 했다.

코스모스가 흐드러지게 핀 언덕을 발견하고 내일은 도시락을 싸서 저곳에 가자는 계획을 세우기도 했다.

도중에 소형 와이번의 습격을 받아 「이얍!」 하고 주먹을 날려 물리치기도 했다.

그렇게 방과 후답게 자유로운 방식으로 시간을 보냈고 있었다.

그런데 도중에 샬롯이 속도를 올려 로라를 앞질렀다.

하늘이 꼭두서니 빛으로 물들기 시작했기에 슬슬 학교로 돌아갈 생각이었는데 말이다.

이래서는 날이 저물고 만다.

"샬롯. 무슨 생각이에요? 설마…… 설마 그거예요?"

"후후후. 그래요, 로라. 역시 경쟁해요! 피가 끓어서 못 견디겠어요!"

"하지만…… 이미 시간도 늦었고 배도 고파요……. 내일 하면 안 될까요?"

"그럼 내 부전승으로 해도 되겠죠?! 오호호호호!"

샬롯은 악당 같은 웃음을 흘리며 슝 하고 속도를 높였다.

순식간에 작아져서 이제 거의 보이지 않는다.

역시 지는 건 자존심이 상한다.

하지만 여기서 추격전을 벌이면 정말로 어두워지고 만다.

밤이 되면 메젤 강이 보이지 않아서 왕도로 돌아가지 못할지도 모른다.

"샤, 샬롯은 못 말린다니까요……. 저렇게 신이 나서…… 하하."

"로라. 목소리가 굳었어. 딱히 참을 필요 없어."

"로라에몬 씨. 걸어온 싸움에는 응하는 것입니다. 저희도 함께 하겠습니다!"

뒤에서 친구들의 응원이 들려왔다.

마치…… 아니, 실제로 등을 떠밀었다.

덕분에 로라의 망설임은 날아갔다.

그렇다. 도전을 받았으면 응해야 한다. 그게 모험가다. 저녁밥을 먹어야 한다거나 어두워지기 전에 돌아가고 싶다는 건 사사로운 문제다.

하물며 상대는 샬롯 가자드.

교내 토너먼트 결승에서 맞붙었던 경쟁자다.

여기서 도망치면 소중한 무언가를 잃고 만다!

"하쿠. 날 꽉 잡으세요. 속도를 낼게요!"

"삐이."

하쿠는 평소처럼 로라의 머리에 매달렸다.

뒤에 탄 두 사람에도 단단히 붙잡도록 당부하고 마력을 최대한 방출했다.

그와 동시에 공기 저항을 줄이기 위해 원뿔 모양의 결계를 구축했다.

이로써 아무리 속도를 높여도 풍압이 직격할 일은 없다.

그러나 가속으로 인한 압력만큼은 막을 수 없었다.

로라는 내장이 짓눌리는 느낌을 받았다.

하쿠가 머리카락을 꽉 붙잡았다.

안나와 미사키도 괴로운 신음을 흘렸다.

그러나 여기서 멈출 수는 없다.

조금만 더 함께해주길 바랐다.

"……샬롯이 보여요!"

"세상에. 로라. 벌써 따라잡은 거예요?!"

"후후후. 따라잡은 것뿐만 아니라, 앞지를 거예요!"

"아아, 말도 안 돼……. 크윽!"

로라의 바로 옆에서 샬롯이 이를 악물었지만 아무리 마력을 쥐어짜도 안 되는 건 안 되는 거다.

로라는 아직 여유가 있고 샬롯은 한계다.

당연한 결과로 로라가 샬롯을 앞질러 점점 더 거리를 벌려 나갔다.

"이걸로 결과는 나왔어. 이제 학교로 돌아가자."

안나가 샬롯을 향해 말했다.

실제로 먼저 갔던 샬롯을 추월한 시점에서 로라의 대승리다.

미안하지만 샬롯이 로라에게 이기는 날이 온다고 해도 그것은 먼 미래일 것이다.

그렇게 생각한 것도 잠시—.

"……아직, 끝나지 않았어요!"

분명 한계였던 샬롯이 더욱 속도를 높였다.

매일 샬롯과 지내는 로라는 샬롯이 한 번에 낼 수 있는 마력량을 잘 알았다.

그런데 샬롯은 그런 로라의 예측을 웃돌았다.

그 이유는 지극히 단순하다.

지독한 근성. 그 한마디로 요약된다.

육체에서 나오는 근력과 비교해서 영체(靈體)에서 나오는 마력은 근성론이 통하기 쉽다.

그리고 샬롯은 근성이 있다.

평소의 마력량으로 예측할 수 있는 예측치 따위는 여차하면 도움이 되지 않는다.

"아무리 그래도 이 속도는……. 샬롯, 무리하면 안 돼요! 이건 그렇게 근성을 쥐어짤 정도의 승부가 아니에요!"

"끄으응! 크으으으응!"

아무래도 로라의 목소리는 전해지지 않은 모양이다.

돌아보니, 샬롯이 눈에 핏발을 세우고 쫓아오고 있었다.

그 모습은 어딘가 섬뜩한 데가 있었다.

이런 방과 후의 사소한 놀이에 이렇게까지 진지해질 수 있다니…… 이것도 일종의 재능일지도 모른다.

그러나 아무리 근성을 쥐어짜내도 잡히지 않는 것은 잡히지 않는다.

머지않아 샬롯은 눈을 희번덕거렸다.

"으아! 샬롯 씨의 얼굴이 엄청납니다!"

"뭔가에 씌었다고 생각할 수밖에 없어……."

미사키와 안나도 샬롯을 보고 흠칫한 얼굴을 했다.

그러나 그 두 사람보다 더 놀란 것은 로라였다.

여기까지라고 생각했던 샬롯이 속도를 한 단계 더 올렸기 때문이다.

로라는 하쿠와 미사키가 걱정이 돼서 더는 급격히 속도를 올릴 수가 없다.

따라서 샬롯은 결국 로라를 다시 앞질렀다.

"샬롯. 굉장해요……!"

로라는 솔직하게 칭찬했다.

설마 다시 추월당할 줄은 몰랐다.

이건 샬롯의 승리다. 자랑스러워해도 된다.

"내가 졌어요……. 그러니까 이제 멈춰도 돼요! 어디까지 가려는 거예요?!"

샬롯은 한눈도 팔지 않고, 화살처럼 날아갔다.

속도는 그대로 유지했지만 고도를 낮췄다.

"……혹시, 기절했나?"

"눈을 희번덕거렸으니까요."

"아아……. 저 속도로 떨어지면 여러모로 큰일이에요! 멈춰야 해요!"

무엇보다 샬롯이 눈 뜨고 볼 수 없는 상태가 될 거다.

그리고 떨어진 지면에 구멍이 생길 거다.

만약 마을에 떨어지면 많은 사람이 목숨을 잃을지도 모른다.

친구를 위해, 모두를 위해, 로라는 빗자루에 속도를 붙였다.

※

"음……. 오늘도 아름다운 일몰이야! 호수에 비친 저녁 해는 몇 번을 봐도 질리지 않아!"

도라 에드몬즈는 자기 집 앞에 서서 느긋하게 풍경을 감상하고 있었다.

저녁 메뉴인 크림 스튜는 이미 완성했다. 살짝 많이 만들어버렸지만 남으면 내일도 먹으면 된다. 이미 여름도 끝났기에 썩을 일은 없다.

남편인 브루노는 마을 근처에 몬스터가 출몰해, 모험가 길드의 의뢰를 받고 토벌을 떠났다. 이제 슬슬 돌아올 시간이다.

어쨌든 브루노는 혼자서 드래곤을 무찌를 수 있는 A랭크 모험가다. 도라도 마찬가지지만, 이 주변에 출몰하는 몬스터에게 당할 일은 없다.

가끔은 좀 더 강한 몬스터가 있는 지방으로 가고 싶어질 때도 있지만 이 밀레베룬이라는 마을에 살기로 한 것은 육아 때문이다.

아무리 도라와 브루노라도 드래곤이나 베헤모스와 싸우면서 육아를 할 수는 없다.

여유로운 환경에서 아이를 키우고 싶었다.

그리고 사랑하는 딸 로라는 지금 왕도에 있다.

밀레베룬과 왕도는 보려면 언제든지 보러 갈 수 있는 거리다.

로라는 아직 아홉 살 소녀다.

도라와 브루노는 아직 자식을 품에서 떠나보내지 못했고, 로라도 부모의 품을 떠나기에는 이른 나이다.

여름방학이나 겨울방학처럼 오랜 기간 쉴 때는 고향으로 돌아오길 바라고, 자신들이 직접 딸을 보러갈 일도 있을 것이다.

그러므로 강한 몬스터가 있는 곳으로 이사하는 것은 로라가 좀 더 큰 뒤다.

"어머니!"

하늘에서 로라의 목소리가 들려왔다.

"어머? 로라를 생각했더니 환청이 다 들리네. 나도 참. 그 애를 얼마나 사랑하는 건지."

"어머니! 샬롯을 받아주세요오오오!"

환청치고는 상당히 절박한 목소리라고 생각하면서 목소리가 들린 방향을 바라봤더니 놀라운 광경이 펼쳐졌다.

여름방학에 로라가 데리고 온 샬롯이라는 아이가 눈을 까뒤집은 채 엄청난 속도로 이쪽을 향해 떨어졌다.

그런 샬롯을 빗자루에 탄 로라가 뒤쫓고 있었다.

도대체 어떻게 된 일일까.

베테랑 모험가인 도라도 전혀 짐작할 수 없었다.

일단 받지 못하면 대참사가 벌어진다는 것만은 알 수 있었다.

"진지 모드!"

도라는 기합을 넣어 육체를 강화했다.

온몸에서 푸슈슈 하고 오라를 뿜어내 바람을 일으켰다.

로라에 따르면 이것은 기합이 아니라 마법인 모양이지만 자세한 사정은 아무래도 좋다.

일단 진지 모드가 되면 강해졌다.

"히압!"

도라는 운석처럼 떨어진 샬롯을 단단히 붙들었다.

두 다리에 힘을 주고 버텼지만 샬롯의 기세가 지나친 나머지 땅이 파였다.

"히아아압!"

샬롯을 품에 안은 채, 뒤쪽 호수로 떠밀려갔다.

그러나 두 사람이 호수에 처박히기 직전 겨우 기세가 사그라들어 운동 에너지는 모두 사라졌다.

밀레베룬은 살아남았다.

"후우……. 깜짝이야. 도대체 무슨 일이야?"

하늘에서 자기 딸의 반 친구가 엄청난 속도로 떨어지는 일은 좀

읏샤!

처럼 경험할 수 없는 일이다.

재빨리 받아낸 스스로를 칭찬해주고 싶을 정도다.

"어머니. 샬롯은 괜찮아요?!"

그때 로라가 빗자루를 타고 내려왔다.

그 뒤에는 안나와, 처음 보는 수인 아이.

그리고 로라의 머리 위에 흰 새끼 드래곤이 매달려 있다.

"괜찮은데…… 으음, 로라. 여름방학 숙제는 제대로 끝냈니?"

어디서부터 추궁해야 할지 몰라서 도라는 가장 교육적인 부분부터 대화를 시작하기로 했다.

"네. 다 끝냈어요!"

그렇게 말한 로라는 빗자루에서 내렸다.

안나와 수인 아이도 뒤따라 내렸다.

"도라 아주머니. 여름방학 때는 감사했어요."

안나가 꾸벅 인사했다.

"어머나. 나야말로 남편 때문에 고맙지. 안나 양 덕분에 다시 기운을 차린 모양이니까. 그런데 그 애는 누구니?"

"아아, 오이세 마을에서 온 미사키예요. 지금은 학교 식당에서 일하고 있어요. 미사키. 이쪽은 제 어머니 도라 에드몬즈예요."

"오오! 로라에몬 씨의 어머니시군요! 미사키입니다. 잘 부탁드립니다."

미사키라는 수인 아이는 귀와 꼬리를 실룩거리면서 자기소개를 했다.

무척 귀여운 아이다. 얼굴도 귀엽지만 무엇보다 귀와 꼬리가 마음에 든다.

……만지고 싶어.

"그리고 제 머리 위에 있는 애가 하쿠예요."

"삐."

새끼 드래곤은 로라의 머리 위에서 일어나 펄럭 날개를 펼쳐 보였다.

"너 드래곤을 키우기로 한 거니? 지금은 좋을지도 모르지만 크면 먹이 구하는 게 힘들어. 게다가 언제까지 따를 거라는 보증도 없고……."

"아니에요. 어머니. 하쿠는 드래곤을 꼭 닮았지만 드래곤이 아니에요."

"삐!"

하쿠는 마치 로라의 말을 알아들은 듯이 반응했다.

확실히 보통의 드래곤보다 지능이 높아 보인다.

여름방학이 끝나고 2학기에 접은 든 지 아직 한 달도 지나지 않는데 어쩐지 여러 일들이 있었던 모양이다.

"로라. 괜찮으면 저녁 먹고 갈래? 크림 스튜를 잔뜩 만들었어.

물론 친구들도 같이."

"당연히 먹을래요! 어머니가 만들어준 음식은 오믈렛이 아니라도 맛있으니까요."

"어머나. 그런 말을 해주다니 기쁘구나."

그때 마침 브루노가 돌아왔다.

"아니, 로라 아니냐! 그리고 그 친구들! 둘 다 검 연습은 계속하고 있는 거냐?!"

"당연하죠, 아버지!"

"스승님의 가르침은 충실히 따르고 있어."

"그래, 그래! 어쨌든 잘 왔다. 그런데 무슨 일이냐. 휴강이라도 한 거야?"

"음…… 그건 아니지만 여러 가지 복잡한 사정이 있어요."

로라는 그렇게 말하며 머리를 긁적였다.

눈을 까뒤집은 샬롯이 엄청난 속도로 떨어졌을 정도이니, 도라는 상당히 복잡할 거라고 예상했다.

그것에 관해서는 크림 스튜를 먹으면서 듣기로 하자.

※

"……그렇게 돼서 비행 마법으로 경쟁했더니 샬롯이 마력을 다 써버린 거예요. 그래서 속도도 줄이지 못하고 어머니에게로 돌진한 거고요."

"죄송해요……. 부끄러워서 고개를 들 수가 없어요……."

저녁 식탁 자리에서 로라가 사정을 설명하는 내내 샬롯은 몸을 움츠리고 연신 죄송하다며 흐느꼈다.

실제로 그 자리에 때마침 도라가 없었다면, 그대로 추락한 샬롯이 땅에 분화구를 만들어 호수가 살짝 커졌을 거다.

그런데 로라와 브루노는 그다지 신경 쓰는 기색이 없다.

"괜찮아. 젊을 때는 원래 무모한 거니까. 그렇죠? 여보."

"그래. 우리도 이런저런 일들을 저질렀었지. 하하. 옛 생각이 나네."

대관절 무슨 짓을 저지른 걸까, 하고 로라는 궁금해졌다.

분화구 형성 미수 사건을 웃어넘길 정도이니 엄청나게 무모한 짓일 게 틀림없다.

"그러고 보니, 여보. 기억나요? 우리가 모험가 학교에 입학하고 처음 맞은 여름방학 때. 뗏목을 타고 옆 대륙에 가려고……."

"아아. 도중에 큰 폭풍을 만나서 식량을 모두 잃고 죽을 뻔했었지."

"그래도 중간에 거대 새우가 다섯 마리나 나타나서 그걸 잡아먹었잖아요."

"처음에는 맛있었는데 점점 질려서 고생했어. 게다가 나침반도 폭풍우에 휩쓸렸는지 없어져서 어디로 가야 할지 몰랐었지."

"이제 끝났구나 싶었는데 대현자님이 구해주러 왔고."

"그리워……."

도라와 브루노는 절절한 마음으로 말했다.

두 사람에게는 소중한 추억이리라.

그러나 로라는 친구들 앞에서 그런 부끄러운 이야기를 하는 걸 원치 않았다.

울고 있던 샬롯의 표정이 어색하게 굳어졌다. 그야말로 울던 아이도 뚝 그칠 이야기다.

안나와 미사키의 얼굴에도 땀이 배어 나왔다.

로라와 샬롯, 안나는 학교에서 무슨 문제가 발생하면 제일 먼저 의심을 살 정도로 문제아다.

그러나 아무리 그래도 뗏목을 타고 옆 대륙으로 갈 생각은 하지 않는다.

더욱이 도라와 브루노는 마법사가 아니라 그저 검사다.

다쳐도 치료할 수 없고 날아서 도망칠 수도 없다.

그런데 뗏목으로 출항이라니…… 무모하다고 해야 할까, 어리석다고 해야 할까.

"어머, 뭐야. 다들 그런 얼굴을 하고."

"아, 아무것도 아니에요! 크림 스튜가 맛있어요!"

로라는 적당히 둘러대며 스튜를 마구 먹었다.

실제로 맛있으므로 거짓말이 아니다.

하쿠도 식탁 위에 앉아 맛있게 먹었다.

로라가 싫어하는 브로콜리도 통째로 삼켰다.

그렇게 브로콜리를 좋아한다면 로라 것도 나눠주자.

"로라. 브로콜리도 가리지 말고 먹어야지!"

도라가 눈을 무섭게 떴다.

"하지만 하쿠가 먹고 싶어 하는걸요……."

"하쿠 핑계 대면 안 돼. 하쿠도 로라 걸 빼앗으면서까지 먹고 싶지는 않지?"

"삐."

하쿠는 힘주어 끄덕였다.

이로써 브로콜리를 하쿠에게 떠넘길 대의명분이 사라져버렸다.

"내 브로콜리 적성은 마이너스인데……."

그래도 로라는 크기 위해서라며 꾹 참고 열심히 브로콜리를 먹었다.

다 먹은 뒤에 다 같이 그릇을 정리하고 설거지를 도왔다.

"고마워. 미사키 양! 굉장히 능숙하네."

"평소에 학교 식당에서 일하고 있습니다."

"우리 집 가정부로 고용하고 싶을 정도야."

“가정부 말씀이십니까? 말씀은 감사하지만 저는 무녀로서 하루님 곁을 지키는 것도 일이라서 말입니다.”

미사키는 칭찬받은 사실이 기뻤는지 수줍은 얼굴로 귀와 꼬리를 실룩거렸다.

그래도 미사키에게 메이드복은 정말 잘 어울릴 것 같다.

로라는 다음에 뭔가 구실을 만들어 입혀보자고 생각했다.

“자, 그럼. 뜻하지 않게 우리 집까지 와버렸지만 이제 슬슬 돌아갈까요? 내일도 수업이 있고요.”

“어머, 로라. 밖은 이미 캄캄해. 오늘은 자고 가지 그러니? 내일 아침 일찍 깨워줄게. 그럼 수업에도 늦지 않지 않을까?”

“음……. 확실히 오늘의 속도를 생각하면 아슬아슬하게 도착할지도 모르겠어요. 어두운 곳을 날다가 길을 잃는 것도 싫고요……. 그럼 자고 갈래요!”

“그러렴. 후후. 설마 겨울방학 전에 너희가 올 줄은 몰랐어. 이런저런 이야기를 들려주렴. 하쿠와 미사키 양을 만났을 때의 에피소드라거나.”

“네! 하쿠는요, 여름방학 때 왕도로 돌아가는 길에 메젤 강을 알 상태로 떠내려가고 있었어요!”

로라는 하쿠가 신수라는 것과 미사키가 그 신수를 모시는 오이세 마을의 무녀라는 것을 설명했다.

그리고 하쿠를 노리고 온 도적을 대현자와 함께 무찌른 이야기도 했다.

"그랬구나. 로라가 신수를 키우게 되다니……. 살다보니 이런 일도 있네!"

"하하하. 역시 내 딸이다. 굉장해!"

신수를 『굉장해』라는 한마디로 정리해버리는 부모님도 굉장하다고, 로라는 생각했다.

※

이윽고 로라의 이야기가 일단락됐을 때,

"스승님, 스승님. 모처럼 왔으니 가볍게 겨뤄 봐요."

안나가 브루노에게 그런 제안을 했다.

"그럴래?! 나야 좋지, 바라던 바야. 연습을 게을리 했는지 확인해주지!"

두 사람은 검을 들고 들뜬 모습으로 마당으로 나갔다.

곧이어 캉캉 하고 검이 부딪치는 소리가 집 안까지 들려왔다.

"난 아무래도 지금 특훈을 할 기운은 없어요……."

"샬롯 씨는 이미 한 번 눈이 뒤집혀서 기절했었으니까요."

"그럼 너희는 먼저 목욕할래? 물은 이미 데워놨어."

도라가 멋진 제안을 했다.

"그럴래요! 하쿠, 샬롯, 미사키. 목욕하러 가요!"

로라 일행은 스펀지로 서로 몸을 씻겨줬다.

장난을 치느라 거품을 마구 냈더니 욕실이 거품투성이가 되고 말았다.

미사키의 꼬리도 박박 씻겨줬다.

"거, 거긴 직접 할 테니까 안 씻겨줘도 됩니다!"

"사양할 거 없어요!"

"뽀득뽀득 씻겨서 털에 윤기를 내는 거예요."

몸 구석구석까지 깨끗이 씻은 다음 욕조에 들어가 천천히 백까지 센 뒤 나왔다.

그러자 마침 검 연습을 끝낸 안나와 브루노가 돌아왔다.

"아…… 다 같이 목욕한 거야……? 나도…… 나도 같이 하고 싶었는데……."

안나는 슬픈 얼굴을 했다.

마치 마지막까지 아껴둔 조각 케이크 위의 딸기를 누군가가 빼앗아갔을 때의 얼굴이다.

"그럼 안나 양은 나랑 같이 할까? 아니, 같이 하자!"

"아아."

도라는 안나가 대답하기도 전에 안나를 휙 들어 멋대로 욕실로 데리고 가버렸다.

두 사람이 목욕을 하는 동안 로라는 자기 방에서 잘 준비를 했다.

아무래도 이 인원이 한 침대에서 잘 수는 없으므로 바닥에도 이불을 깔았다.

"나 왔어."

목욕을 끝낸 안나가 방으로 들어왔다.

"그럼 제가 하쿠랑 같이 바닥에서 잘 테니까 세 사람은 침대에서 주무세요."

"잠깐만요! 아무리 이 침대가 크다고 해도 세 명이 자는 건 무리예요. 나도 로라랑 같이 바닥에서 잘게요."

"아니야. 샬롯은 몹시 피곤한 상태야. 바닥에서 자는 건 내 몫이야."

"아닙니다. 안나 씨도 검 연습을 막 마쳐서 피곤할 겁니다. 오늘은 제가 바닥에서 자겠습니다."

좀처럼 결론이 나지 않아서 결국 침대 이불도 바닥으로 내려 다 같이 나란히 누워 자기로 했다.

그러나 이번에는 누가 로라의 옆에 누울 건지로 다투기 시작했다.

어쨌든 이불이라는 것은 평면이므로 오른쪽이나 왼쪽뿐인 것이다.

가위바위보를 한 결과, 안나가 오른쪽을, 샬롯이 왼쪽을 따냈다.

"앗싸! 로라랑 같이 잔다."

"후후후후. 역시 로라는 내 포옹 베개가 될 운명이에요."

로라는 이 두 사람이 왜 그렇게 필사적인지 알 수 없었지만, 무슨 일이든 최선을 다하는 것은 좋은 자세다.

"가위바위보에서 져버렸습니다……. 로라에몬 씨의 옆에서 잘 수 없다면 하쿠 님이라도 안고 자겠습니다……."

"삐이?"

미사키에게 안긴 하쿠는 의아한 듯이 울었다.

그러나 저항하는 일 없이 사이좋게 같이 새근거리는 숨소리를 내기 시작했다.

"갓 태어났을 때는 로라한테서 절대로 떨어지지 않았는데. 독립하기 시작한 건가?"

"그런 것 같아요. 기쁘기도 하고 쓸쓸하기도 하네요……."

"후후. 로라는 아홉 살인데 벌써 아이를 떠나보내게 됐네요."

"그럴지도요……. 샬롯도 이제 그만 저한테서 독립하는 게 어때요?"

"무리예요. 로라를 포옹 베개로 하지 않으면 잠을 잘 수가 없어요."

"샬롯 치사해. 나도 로라를 안을래."

로라는 양쪽에서 안겨 행복한 기분에 잠긴 채 꿈나라로 여행을 떠났다.

※

그리고 이른 아침이 밝았다.

약속대로 도라가 흔들어 깨웠다.

"자자, 지각하기 싫으면 다들 일어나!"

"흠냐흠냐……."

로라가 일어나 창밖을 보니, 아직 하늘은 어슴푸레했다.

지평선 너머만이 오렌지색으로 물들어 있었다.

집에서 학교를 다니려면 이렇게 일찍 일어나야 하는 걸까, 하고 로라는 몸을 부르르 떨었다.

아침부터 특제 오믈렛을 다 같이 먹은 뒤 학교로 출발했다.

"방과 후에 올 수 있을 정도면 앞으로도 종종 놀러 오렴."

"로라. 다음에는 너도 검 시합을 하자! 아버지도 수행하고 있으니까! 여름방학 때처럼은 안 될 거다!"

"네. 알았어요. 그럼 또 올게요!"

로라는 안나와 미사키와 하쿠를 태우고, 빗자루를 띄웠다.

샬롯이 그 뒤를 따랐다. 다 같이 도라와 브루노에게 손을 흔들며 속도를 내기 시작했다.

"자! 어제 같은 속도로 날면 제시간에 도착할 거예요…… 앗!

어제 같은 속도라면 샬롯이 또 기절하는 건……?"

로라가 중얼거리자, 침묵이 내려앉았다.

깨닫는 것이 늦었다.

알았다면 특제 오믈렛 따위에 정신을 파는 일 없이 삼십 분 일찍 출발했을 텐데 말이다.

그러나 아직 방법은 남아 있다.

"할게요! 해낼게요!"

샬롯은 흥분한 목소리로 외쳤다.

또 근성으로 어떻게든 해보려는 모양이다.

"아니에요, 샬롯! 내 빗자루를 잡으세요. 그러면 기절하지 않고 제시간에 도착할 수 있어요!"

"아니에요. 로라한테 기대지 않고 내 힘으로 해낼 거예요! 혹시 내가 왕도에 추락해서 피해를 입히게 되면…… 그때는 가차 없이 물리쳐주세요!"

"그런 짓을 할 수 있을 리가 없잖아요! 자, 고집 부리지 말고요!"

"우우……. 한심해요."

제아무리 샬롯이라도 다시 추락하기는 싫었는지 속상한 목소리로 말하면서 빗자루 뒤쪽을 잡았다.

빗자루는 보란 듯이 수업 시작 전에 학교에 도착했다.

로라와 샬롯과 안나는 각자 교실로. 미사키는 학교 식당으로 갔다.

로라가 자기 자리에 앉은 순간, 에밀리아가 교실에 들어왔다.

"다들 좋은 아침! 모두 왔구나……. 응? 로라랑 샬롯은 왜 그렇게 땀을 흘리는 거야? 아슬아슬하게 도착했구나?"

"에헤헤. 눈치채셨어요? 아슬아슬했지만 지각은 아니에요!"

"종이 한 장 차이로 피했어요!"

"안 돼. 오 분 전에는 교실에 와 있어야지. 그럼 수업 시작한다."

그렇게 아무 일 없이 평소처럼 수업이 시작됐다.

로라는 휴우 하고 가슴을 쓸어내렸다.

에밀리아도 설마 이 아이들이 밀레베룬에서 등교했다고는 짐작도 못할 것이다.

어쨌든 샬롯이 빗자루를 잡아줘서 다행이었다.

만약 고집을 부려서 자기 힘으로 날다가 힘을 다 써버리고 교무실에라도 추락했다면…… 상상만으로도 무섭다.

앞으로 집에 돌아갈 일이 있더라도 평일은 피하자고, 로라는 다짐했다.

제1장 왕도에 라멘 가게가 생겼어요

안나는 지금까지 로라와 샬롯 몰래 방과 후나 주말에 몬스터를 사냥하고, 그걸로 번 돈을 고아원에 보내왔다.

그러나 여왕 폐하가 고아원 운영비를 지원해주게 된 덕분에 안나는 이제 번 돈을 자신을 위해서 쓸 수 있게 되었다.

"그럼 안나 옷을 사러 가요! 교복하고 잠옷밖에 없는 건 아무래도 문제가 있어요!"

"그래요. 안나는 귀여우니까 좀 더 꾸미는 걸 배울 필요가 있어요."

학교 식당에서 점심을 먹으면서, 로라와 샬롯이 제안했다.

"……안 그래도 평소에 입을 옷을 갖고 싶기는 했어."

"안나 씨는 무슨 옷이든지 어울릴 것 같습니다."

"삐—."

그렇게 해서 주말에 다 같이 외출을 하기로 했다.

참고로 로라도 집에서 보내준 용돈이 있어서 뭔가를 살 예정이다.

다만 옷은 충분하므로 웬만큼 마음에 들지 않는 한 사지 않을 것이다.

그것보다 책이 갖고 싶었다.

요즘 들어 로라는 책 읽는 재미에 눈을 떴다.

그러나 재미있게 읽은 소설의 신간이 좀처럼 학교 도서실에 들어오지 않았다.

차라리 전 권을 사버릴까 생각 중이다.

책은 공간을 차지하므로 되도록 도서실에서 읽을 생각이었다.

하지만 읽고 싶을 때 읽을 수 있으면 편하고, 무엇보다 방에 책이 있으면 지적인 느낌이 든다.

아홉 살에 소설을 읽는 아이는 그렇게 많지 않을 터다.

차가운 도시 여성의 느낌이랄까.

멋내기용 안경을 사볼까, 하고 로라는 은근히 생각했다.

※

그리고 주말이 되자 학생 세 명과 수인 한 명, 신수 한 마리가 상점가로 몰려 나갔다.

가장 먼저 옷 가게에 들렀다.

오늘의 첫 번째 목적은 안나의 옷을 사는 것이므로 그것을 달성하기 전에 다른 곳에 들러서 돈을 다 써버리는 것을 막기 위해서다.

"지금까지 동물 잠옷 말고 내 의지로 옷을 사본 적이 없어서 뭘 골라야 할지 모르겠어."

잔뜩 걸린 옷 앞에서 안나는 어쩔 줄 모르는 얼굴을 했다.

"걱정할 거 없어요. 내가 골라줄게요!"

"앗, 샬롯! 선수 치는 건 반칙이에요. 저도 안나 옷을 골라주고 싶어요."

"인간의 옷은 종류가 다양하군요. 저도 갖고 싶습니다."

"삐이."

이런 식으로 떠들썩한 분위기가 이어졌다.

어쨌든 한창 때의 소녀들이 옷 가게에 왔으니 들뜨는 것도 당연한 일이다.

로라와 샬롯이 안나로 인형 옷 갈아입히기 놀이를 하는 옆에서 미사키도 옷을 입어봤다.

아쉽게도 하쿠의 체형에 맞는 옷은 없었지만, 미사키가 그 꼬리에 리본을 묶어주니 정말 잘 어울렸다.

"자, 안나. 이것저것 입어봤는데 어느 게 마음에 들어요?!"

"……다 마음에 들어서 못 고르겠어."

"그럼 전부 사버리면 돼요!"

"그럴 만한 돈은 없어."

"후후후……. 내가 사줄게요!"

"……고맙지만 마음만 받을게. 그런 선물을 받을 수는 없어."

"조요오오오오옹! 이렇게 귀여운 모습을 잔뜩 보여줘 놓고 사지 않겠다니. 용납 못 해요! 용납 못 해요!"

샬롯은 그런 말을 하면서 옷더미를 계산대로 들고 갔다.

안나의 옷뿐만 아니라 미사키가 고른 원피스도.

그리고 하쿠의 리본까지 같이 샀다.

더욱이 어수선한 틈을 타 아무리 봐도 로라의 사이즈로 짐작되는 아동용 옷도 구입했다.

"……또 샬롯한테 빚이 생겨버렸어."

안나는 뺨을 긁으면서 중얼거렸다.

"그건 샬롯이 우리를 이용해서 즐기고 싶은 것뿐이니까 사양하지 않아도 돼요! 분명 주말마다 『이거 입어 봐, 저거 입어 봐』라면서 조를 거예요. 오히려 알바비를 받아도 될 정도예요."

"아아……. 그래도 고마운 일이야."

"맞아요! 샬롯. 고마워요!"

"샬롯 씨. 고맙습니다."

"삐―."

로라 일행은 계산을 마친 샬롯에게 고마움을 전했다.

그러자 샬롯은 뺨을 붉히면서 머리카락을 쓱 쓸어 올렸다.

"이, 이 정도는 별거 아니에요. 난 그저 귀여운 여러분에게 귀여운 옷을 입히면서 즐기고 싶은 것뿐이에요!"

그 말은 부끄러움을 감추는 것임과 동시에 반쯤 진심인 것이 굉장하다.

진짜 인간을 옷 입히기 인형으로 삼다니, 사치스러운 이야기다.

아무튼 로라를 포옹 베개로 삼지 않으면 잠들지 못하고, 호화로운 옷 입히기 놀이를 즐기는 것으로 보아, 샬롯은 이 중에서 가장 아이 같을지도 모른다.

가슴은 제일 크면서.

"자. 아직 시간이 있으니 다른 가게도 둘러봐요. 저는 서점에 가고 싶어요."

"난 무기상에 가보고 싶어. 지난 번 소풍 때 한 손으로 검을 쓸 수 있게 됐어. 이도류를 잡아보고 싶어."

안나가 그렇게 제안했다.

"우와. 그건 나도 궁금해요! 그럼 이번에는 무기상에 가요."

로라 일행은 옷이 가득 담긴 종이봉투를 손에 들고 무기상으로 향했다.

그곳은 각지의 대장장이들에게서 사들인 무기를 파는 편집숍이었다.

교실만 한 면적에 검과 창, 도끼, 활, 해머, 모닝 스타 같은 다양한 무기가 진열돼 있었다.

"안나. 어떤 검이 갖고 싶어요?"

“지금 가지고 있는 대검과 같은 크기의 이도류는 다루기 어려우니까 좀 더 작고 가벼운 게 좋겠어.”

“하긴, 그 검은 저보다 클 정도니까요.”

지금도 안나는 애용하는 대검을 등에 메고 있다.

로라보다 크다는 것은 과장이 아니라 정말로 그 정도 길이였다.

안나는 그런 물건을 자유자재로 휘두르니, 그야말로 힘이 아이의 범주를 넘어섰다.

그러나 아무리 안나라도 그것을 이도류로 삼는 것은 무리이리라.

“안나 씨. 이게 좋아 보입니다.”

미사키가 꼬리를 흔들면서 유리 상자를 가리켰다.

어디 하고 들여다보니 아담한 검 두 자루가 쌍으로 진열돼 있었다.

칼날이 백은으로 빛나고 있다.

“뭔가, 오라가 느껴지네요!”

“직접 감촉을 확인하고 싶어.”

“직원한테 말해서 꺼내달라고 하는 겁니다.”

“하지만 이건 미스릴제예요. 가격도…… 아아, 이건 제 용돈으로도 살 수 없어요.”

“아, 정말이에요……. 눈이 튀어나올 만한 숫자가 적혀 있어요…….”

미스릴은 무척 드물게 나는 금속으로 채굴하는 것도 정제하는 것도 무척 힘들다고 들은 적이 있다.

그 대신 튼튼한 데다 무게가 가볍다. 더욱이 마력이 잘 통하는 성질을 갖고 있어 마법 효과를 부여하기 쉽다.

"그냥 만져보기에는 용기가 필요한 가격이야……."

안나는 중얼거리며 어깨를 축 떨어뜨렸다.

어쨌든 샬롯조차 손댈 수 없는 가격인 것이다.

잘못해서 흠집이라도 생기면 물어줄 수도 없다.

물론 미스릴제 도신은 웬만해서는 이조차 빠지지 않을 터다.

하지만 비싼 만큼 장식에도 힘을 줬고, 그 부분의 강도가 어떤지는 모른다.

어떤 이유에서인지 로라 일행은 가는 곳마다 문제에 휘말리는 경향이 있다.

분명 멤버 중에 불운한 사람이 있는 거다. 누군지는 몰라도 말썽을 불러들이는 자가 있다.

따라서 긁어 부스럼은 만들지 말 것.

미스릴 쌍검은 모험가로 조금 더 성장한 다음에 만져보기로 하자.

그렇게 다짐한 로라 일행은 다른 무기를 물색했다.

그러나 안나의 손에 익은 검은 찾지 못했다.

더욱이 이 가게의 무기는 모두 가게 주인이 직접 하나하나 골라서 사들인 물건이라고 한다.

미스릴 쌍검뿐만 아니라 전반적으로 가격이 비싸다.

역시 가난한 학생에게는 길드 직영점의 대량 생산품이 분수에 맞을지도 모른다.

"언젠가 돈을 모아서 그 가게에서 검을 사고 말거야……!"

돌아오는 길에 안나는 불쑥 야망을 드러냈다.

"저도요! 언젠가 집을 지을 수 있을 정도로 비싼 명검을 사서 전설의 검호가 되겠어요!"

"같이 노력하자."

"네. 열심히 해요!"

로라의 마력으로 강화 마법을 걸면 그저 그런 무딘 칼날도 명검으로 변한다.

굳이 돈을 들여서 명검을 살 필요는 없다.

그러나 명검을 갖는 것은 검사의 로망이다.

어쨌든 멋있으니까.

다시 말해 멋내기용이다.

여자는 멋에 민감하므로 필연적으로 명검이 필요하다.

※

무기상을 나와 서점에 들러 로라가 찾던 소설의 전 권을 구입했다.

다른 세계에서 온 주인공이 걷는 것만으로 레벨이 올라 강해지고, 다양한 스킬을 써서 활약한다는 코미디 소설이다.

제목은 『걷는 것만으로 레벨 업 ~1만보에 레벨 1만입니다!~』로 문장이 무척 쉬워서 아홉 살인 로라도 읽을 수 있었다.

아무리 그래도 옷과 책 같은 부피가 나가는 것만 사는 바람에 들고 가기가 점점 귀찮아졌다. 그래서 로라는 차원 창고에 모두의 짐을 집어넣었다.

"로라에몬 씨의 마법은 편리합니다."

"헤헤헤. 멀리 여행을 갈 때도 차원 창고가 있으면 편리해요!"

"나도 빨리 차원 창고를 익히고 싶어요!"

"그건 그렇고 슬슬 점심시간이야."

"확실히 배가 고파지기 시작했어요. 어디서 먹을까요? 난 오믈렛이 맛있는 가게가 좋아요."

"로라. 가끔은 오믈렛 말고 다른 것도 먹는 게 좋아요. 왕도에는 많은 음식점이 있으니까요."

샬롯이 질린 듯이 말했다.

"으음. 딱히 오믈렛만 먹는 게 아니에요. 그저 오믈렛을 먹는 횟수가 다른 요리에 비해 살짝 많을 뿐이에요."

"로라가 태어난 마을에서는 그걸 『살짝』이라고 말할지 몰라도, 왕도에서는 『굉장히』라고 표현해요."

"그럴 리가요……. 항상 오믈렛을 먹는다는 이미지가 생긴 것뿐 실제로 그 정도까지는 아니에요. 예를 들면…… 그래요. 지난주에 한 번 오믈렛을 한 번도 먹지 않은 날이 있었어요……."

로라가 그렇게 말하자 모두의 냉담한 시선이 쏟아졌다.

어째선지 머리 위에서 하쿠까지 「삐이…….」하고 애잔하게 울었다.

그리고 로라도 자기 입으로 말했지만 『난 오믈렛을 너무 많이 먹는 게 아닐까』라는 의문을 품고 말았다.

"알았어요! 점심은 오믈렛 말고 다른 걸로 해요! 누구 이 주변에 추천할 만한 가게를 아는 사람 없어요? 오믈렛이 아닌 걸로요!"

"로라에몬 씨. 그렇게 악에 바칠 필요는 없습니다."

"그런 적 없어요! 나도 다른 요리를 먹고 싶을 때가 있다고요! 그걸 증명하겠어요!"

실제로 로라는 오믈렛이 아닌 요리를 먹어도 맛있다고 느낄 수 있다.

오믈렛에만 미각이 반응하는 기이한 병에 걸린 게 아니다.

딸기 파르페도 좋아하는 음식 중 하나다.

지난번에 숲 속에서 먹은 사과도 맛있었다.

크림 스튜도 좋아한다.

다만 그중에서도 오믈렛을 특별히 좋아하는 것뿐이다.

누구에게나 특별한 것이 한두 개쯤은 있다.

“의욕이 가득하군요. 그럼, 저쪽에서 맛있는 냄새가 나니 저기로 갑시다. 처음 맡는 냄새입니다.”

“맛있는 남새……? 나는 전혀 모르겠는데요…….”

“나도 냄새 같은 거 안 나.”

샬롯과 안나는 코를 킁킁거렸다.

로라도 따라했지만 역시 냄새는 나지 않았다.

“수인의 후각은 인간보다 뛰어납니다. 속는 셈치고 따라오십시오.”

미사키는 그렇게 말하며 걸어가기 시작했다.

혼자 가게 둘 수도 없었기에 로라 일행은 미사키를 쫓아갔다.

그나저나 과연 어떤 요리가 기다리고 있을까.

길드레아 모험가 학교의 식당은 상당히 다양한 메뉴를 갖추고 있다. 거기서 일하는 미사키도 모르는 냄새라는 것은 무척 보기 드문 요리임에 틀림없다.

“이쪽입니다. 이쪽입니다.”

미사키는 상점가를 벗어나 좁은 골목으로 들어섰다.

주위에는 온통 주택뿐인데 정말로 이런 곳에 음식점이 있을까.

로라가 그렇게 미사키의 후각을 의심하기 시작했을 때, 노란 간판이 나타났다.

“이곳입니다! 이곳에서 냄새가 납니다!”

“오오……. 확실히 여기까지 오니 저도 냄새가 나요!”

"맛있을 것 같지만 처음 맡는 냄새예요."

"굉장해. 미사키가 없었으면 절대로 찾지 못했을 거야."

"삐!"

그 가게 입구는 미닫이문으로 되어 있었다.

유리 너머로 보이는 가게 안에는 카운터석이 늘어서 있다.

다른 손님은 없는 모양이다.

노란 간판에는『라멘 가게 란정』이라고 적혀 있었다.

"흠…… 라멘이라. 처음 들어보는 말이에요."

"태어나서 줄곧 왕도에 살았지만 이런 가게는 본 적도 들은 적도 없어요."

"나도."

"하지만 이 냄새는 배신하지 않을 겁니다. 일단 들어가 보는 겁니다!"

모두가 망설이고 있는데, 미사키는 멋대로 문을 열어버렸다.

정말이지 저돌적인 수인이다.

다만 그녀가 앞장서준 덕분에 로라 일행도 가게에 들어갈 결심이 섰다.

만약 맛이 없더라도 이야깃거리가 된다.

나중에 학교 식당 오믈렛으로 입가심을 하면 문제없다.

"계십니까. 아무도 안 계십니까?"

미사키가 불러도 아무 대답이 없었다.

가게 안은 쥐 죽은 듯 고요했다.

어쩌면 쉬는 날인지도 모른다.

그렇게 생각한 순간, 카운터 안쪽 방에서 스무 살 전후로 보이는 젊은 여성이 나타났다.

입고 있는 푸른색 의상은 처음 보는 디자인이었다.

몸매를 무척 강조한 옷으로, 더욱이 깊게 트인 슬릿 사이로 두 다리가 허벅지까지 드러나 있다.

더할 나위 없이 섹시하다.

로라는 옷에 대한 지식은 부족하지만 어쩐지 『대륙의 동쪽에서 건너온 걸까?』라고 생각했다.

"저기…… 무슨 일로 왔냐해?"

섹시한 아가씨는 로라 일행을 바라보면서 의아한 반응을 보였다.

로라 일행도 고개를 갸웃했다.

"이곳은 음식점이 아닌가요? 배가 고파서요……."

로라가 그렇게 대답하자 아가씨는 화들짝 놀란 얼굴을 했다.

"서, 설마 라멘을 먹으러 왔냐해?!"

"네……. 맛있는 냄새가 나서요……. 혹시 아직 준비 중인가요?"

"아니! 괜찮다해! 언제 손님이 와도 문제없도록 국물은 매일 준비해두고 있다해! 그래! 뭐 드릴까해?!"

"으음…… 메뉴가……."

"아아. 미안하다해! 메뉴는 저기 벽에 있다해!"

등장했을 때는 졸린 얼굴이었는데 손님인 것을 아는 순간, 굉장히 들뜬 분위기로 변했다.

어지간히 손님이 없었던 모양이다.

손님이 없다는 건…… 어쩌면 이 가게에 온 건 실수였을까.

하지만 이제 와서 나가는 것도 미안하니 일단 뭔가 주문하는 수밖에 없다.

메뉴를 보니, 『라멘』 외에 『차슈면』『완탕면』『파 라멘』이 있었다.

표시된 가격은 보통 양으로, 곱빼기로 하면 살짝 비싸지는 모양이었다.

"음…… 난 라멘 보통 양으로."

"나도 같은 걸로."

"나도."

"저는 차슈면 곱빼기로 먹겠습니다!"

"삐—."

"하쿠는 내 걸 같이 먹어요."

그렇게 해서 보통 라멘 세 개에 차슈면 곱빼기 하나를 시켰다.

"알겠다해! 금방 만들겠다해!"

아가씨는 다시 안쪽으로 사라졌다.

보아 하니 안쪽에 주방이 있는 모양이다.

과연 라멘은 어떤 음식일까?

기다리는 동안 상상해보자.

가게 안에 힌트가 있을지도 모른다.

"……이 용기에, 가느다란 나무 작대기가 잔뜩 꽂혀 있는데, 이건 뭘까요?"

로라가 카운터 위에 있는 물체를 보자마자 미사키가 입을 열었다.

"그것은 젓가락이라는 겁니다. 오이세 마을에서도 종종 사용합니다."

"젓가락?"

"이렇게 두 개의 젓가락으로 잡고 싶은 걸 끼우는 겁니다."

미사키는 젓가락을 손에 잡고 능숙하게 다루었다.

실로 복잡기괴한 손가락의 움직임이었다.

로라 일행도 따라해 봤지만 잘 되지 않았다.

"대륙의 동쪽에서는 포크보다 젓가락이 널리 보급되어 있는 모양입니다. 사실 오이세 마을의 수인은 먼 옛적에 동쪽에서 이동해온 모양입니다. 그래서 젓가락도 전해진 것입니다. 하지만 대현자님조차 젓가락을 사용한 적이 없다고 했기에 설마 이런 곳에서 보게 될 줄은 몰랐습니다."

"우와. 미사키가 해주는 이야기는 유익해요!"

© 2017 Riichu

"……오이세 마을의 역사만으로도 책 한 권을 쓸 수 있겠어요."

신수가 살고 있고 대현자와 친분이 두텁고 사실은 기원이 동쪽이고 복슬복슬이 있고 에피소드로 부족할 게 없다.

아직은 인간과 수인 사이에 골이 남아 있지만, 조금 더 시대가 발전하면 어느 학자가 정말 책으로 쓸지도 모른다.

"라멘 세 개에 차슈면 하나 나왔다해!"

아가씨가 쟁반에 사발 네 개를 얹어 나왔다.

뜨거운 김이 모락모락 피어올랐다.

로라 일행 앞에 각각의 사발이 놓였다.

호박색 국물에 크림색 면이 떠 있었다.

파와 달걀, 차슈 같은 건더기가 떠 있어 외관이 그럴 듯했다.

파스타와 국물이 합체한 것 같은 음식이라고 하면 되려나.

그러나 냄새는 라멘이 훨씬 먹음직스럽다.

"미사키 건 차슈가 많네요!"

"그야 차슈면을 시켰으니까입니다."

"삐—."

"아. 하쿠한테는 내 걸 나눠주기로 했었죠."

하쿠는 로라의 머리에서 카운터 위로 폴짝 뛰어 내렸다.

그걸 본 라멘 집 아가씨가 눈을 동그랗게 떴다.

"이 주변에서는 드래곤을 키우는 게 유행이냐해?!"

“아, 아뇨……. 이 애는 드래곤을 꼭 닮았지만 드래곤이 아니에요. 다른 동물이에요. 아주 얌전하니 안심하세요.”

신수라고 말하면 이야기가 길어질 것 같아, 로라는 진실의 일부만을 이야기했다.

아가씨는 그걸로 납득했는지 안도하며 가슴을 쓸어내렸다.

“그래서 이 아이한테도 라멘을 먹이고 싶은데 작은 그릇 같은 걸 얻을 수 있을까요?”

“물론이다해.”

아가씨는 작은 사발을 가져다 줬다.

로라는 거기에 면을 담았다.

젓가락을 다루는 것은 어려웠지만 조금 전에 미사키가 시범을 보인 것을 떠올려 가까스로 성공했다.

“국물은 이 렌게로 뜨면 된다해.”

“하하. 이건 렌게라고 하는 거군요.”

렌게는 젓가락통 옆에 놓인 용기에 잔뜩 들어 있었다.

상당히 묘하게 생긴 숟가락이라고 생각했는데, 이것도 동쪽에서 전해진 식기인지도 모른다.

“자, 하쿠. 이게 하쿠 몫이에요.”

“삐—.”

하쿠는 신이 난 듯 날개를 펼쳤다.

"로라. 빨리 먹는 게 좋아요! 이 라멘이라는 음식, 무척 맛있어요!"

"처음 먹어보는 맛이야. 인생의 새로운 한 페이지가 되겠어."

"오이세 마을에도 라멘은 전해지지 않았습니다! 환상의 요리입니다!"

이미 로라 이외의 세 사람은 라멘을 먹고 있었다.

젓가락으로 면을 후루룩 빨아들이는 모습은 볼썽사나웠다.

그러나 어쩐지 이치에 맞는 것처럼 보이기도 했다.

"그럼 저도. 잘 먹겠습니다!"

로라는 기대를 담아 면을 입으로 가져갔다.

순간, 로라의 혀에 방대한 맛의 정보가 흘러 들어왔다!

'너, 너무 맛있어요……! 젓가락을…… 멈출 수가 없어요!'

문득 정신이 들고 보니, 로라는 면을 후루룩거리며 먹고 있었다.

소리를 내면서 먹는 것은 예의에 어긋나는 행위임을 알면서도 마치 이것이 올바른 라멘 먹는 법이라는 것을 몸이 아는 것처럼 저절로 그렇게 되고 말았다.

그리고 렌게로 국물을 떠 마셨다. 처음에는 그 뜨거움에 놀랐다. 이렇게 뜨거운 국물은 먹어본 적이 없었다. 그러나 금세 익숙해졌다. 중독되는 맛이었다.

"삐—."

하쿠도 사발에 머리를 박고 능숙하게 면을 빨아들였다.

그리고 눈 깜짝할 사이에 먹어치웠다.

"삐—삐—."

"앗. 더 먹고 싶어요? 하지만……."

하쿠에게 더 주면 로라가 먹을 양이 없어지고 만다.

로라는 아무리 몸이 작다 해도 운동량이 많은 만큼 제법 많은 양을 먹는다.

"으음. 어쩌지……."

"로라에몬 씨. 제 라멘을 하쿠 님께 드리겠습니다."

"앗. 미사키, 괜찮아요?"

"저는 하쿠 님을 모시는 무녀입니다. 하쿠 님이 라멘을 원하신다면 나누어드리는 것이 당연합니다."

"미사키! 훌륭해요!"

미사키는 하쿠의 사발에 자기의 면과 차슈를 담았다. 그러고는 줄어든 라멘을 보고 슬픈 표정을 지었다.

"좀 더 먹고 싶었습니다……."

미사키는 신수 하쿠를 위해 자신을 희생했다.

그 헌신은 분명 하쿠의 마음에도 전해졌을 거다.

"삐—."

"미사키. 하쿠가 『고마워』라고 말했어요."

"하쿠 님의 기쁨이 곧 저의 기쁨입니다……!"

미사키는 사뭇 진지한 표정으로 말했다.

자신의 라멘을 신에게 바친다는 새로운 무녀의 역할이 탄생한 역사적 순간이다.

그나저나 라멘은 맛있다.

물론 오믈렛에는 한 걸음 못 미치지만…… 반걸음…….

아니, 로라는 단언할 수 있다.

이 라멘보다 맛있는 음식은 어머니가 만들어주신 오믈렛뿐이라고.

"하아…… 잘 먹었습니다! 라멘이라는 건 처음 먹어봤지만 정말 맛있네요!"

"학식 메뉴로 채용하고 싶을 정도입니다."

"우리 집에서 일하는 셰프도 이렇게 맛있는 음식은 못 만들어요!"

"교회 아이들한테도 먹게 해주고 싶어."

"삐!"

모두가 대호평을 했다.

당연한 일이리라.

정말로 최고의 요리였다.

점심시간인데도 다른 손님이 없는 것이 이상할 정도다.

그렇게 로라가 기분 좋은 포만감에 잠겨 있는데, 돌연 아가씨의 뺨에 한줄기 눈물이 떨어져 내리는 것이 아닌가.

"무, 무슨 일이에요?!"

"흑흑…… 다들 맛있다고 말해줘서 기쁘다해……. 가게를 연 지 보름…… 처음 맞는 손님이다해……."

"네? 우리가 첫 손님이었어요?!"

이건 놀라운 일이다.

이렇게 맛있는 라멘인데.

도대체 원인이 무엇일까.

그러나 생각해보니 로라 일행도 미사키의 후각이 아니었다면 이곳에 오지 못했다.

이건 홍보 방법에 중요한 문제가 있는 것이 틀림없다.

"매일 적자다해……. 이 상태로는 가게를 접고 고국으로 돌아가는 수밖에 없다해……."

아가씨는 손으로 눈물을 훔치면서 중얼거렸다.

그 말을 들은 로라는 심장이 튀어나올 정도로 깜짝 놀랐다.

"아, 안 돼요! 우리는 이미 라멘의 맛을 알아버렸어요! 이제 라멘 없이는 살아갈 수 없어요……. 그렇게 만들어놓고 왕도를 떠나다니요……."

"그래요! 비인도적이에요!"

"손님을 끄는 데 좀 더 힘을 쏟아야 해."

"저희도 돕겠습니다."

"삐―."

아가씨가 이대로 동쪽으로 떠난다면 그대로 쫓아가고 싶을 만큼 라멘이 먹고 싶으므로 모두가 필사적이었다.

※

아가씨의 이름은 라란이라고 했다.

동쪽에서는 성이 앞에 오므로 란이 이름이다.

출신은 대륙 동쪽에 위치한 라아(羅亞)라는 나라.

라멘은 라아의 전통적인 요리로 라 일족은 그것을 널리 알리기 위해 전 세계에 흩어져 있다고 한다.

이미 동쪽의 모든 지역에서는 라멘을 일상적으로 먹고 있다.

그러나 팔레온 왕국을 필두로 한 서쪽 지역에는 전혀 알려지지 않았다.

실제로 동쪽에 뿌리를 둔 오이세 마을에조차 전해지지 않았다.

그래서 라 일족은 서쪽에서도 손꼽히는 대국인 팔레온 왕국의 왕도에 가게를 열기로 했다.

파견된 것은 일족 중에서도 가장 재능이 넘치기로 평판이 난 라란.

라란은 자기가 만든 라멘이라면 팔레온 왕국 사람의 혀를 감동시킬 수 있을 거라고 자신했다.

그러나 장로들에게 받은 자금은 그다지 많지는 않았다.

당연한 이야기지만 라아와 팔레온 왕국은 화폐가 다르다.

그러나 장로들은 팔레온 왕국의 화폐를 갖고 있지 않았다.

그래서 장로들은 보석을 가득 채운 자루를 란에게 주었다.

왕도에서 그것을 팔아 팔레온 왕국의 화폐를 구하면 된다는 것이었다.

실제로 그것은 성공해서 란은 보석을 돈으로 바꿀 수가 있었다.

다만 물가라는 것은 지방에 따라 다르다.

왕도는 토지 가격이 서쪽 내에서도 최고 수준으로 비싸고, 보석이 다소 저렴하다.

덕분에 란은 번화가에서 멀리 떨어진 건물밖에 빌릴 수 없었다.

이 주변에 사는 사람들은 별로 부유하지 않아서 외식하는 일이 드물다.

적어도 라멘 같은 이국의 수상한 음식에 돈을 쓸 여유는 없는 모양이다.

그래서 란은 직접 전단지를 만들어 큰길에서 사람들에게 나누어줬다.

가게의 지도를 그려『라멘 가게 란정』을 홍보했다.

그러나 사람들 대부분은 그것을 음식점 전단지로 생각해주지 않았다.

오히려 유흥업소로 오해받아 위병에게 잡혀갈 뻔했다.

“그때는 힘들었다해……. 모두에게 따가운 눈총을 받고, 신고당하고, 위병한테는 혼이 났다해…….”

“뭐, 굉장히 섹시한 의상이니까요…….”

이렇게 다시 보니 상당히 아슬아슬한 슬릿 드레스다.

게다가 란은 상당한 미인에 스타일도 좋다.

다리도 부러울 정도로 예쁘다.

행인들이 넋을 놓고 쳐다보는 것도 이해가 가고, 유흥업소로 오해받는 것도 이해가 갔다.

“차이나 드레스는 라아의 전통 의상이다해. 라멘 집 직원은 차이나 드레스를 입기로 되어 있다해.”

“라멘 집은 야릇한 곳이군요! 야릇한 곳이군요!”

미사키는 신이 난 듯이 귀와 꼬리를 파닥거렸다.

“음……. 라멘이 맛있는 건 틀림없으니 계기만 있다면 인기를 끌 거예요. 뭔가 좋은 홍보법이 없을까요?”

로라는 팔짱을 끼고 생각에 잠겼다.

예를 들면, 란의 매력으로 남성 고객을 대거 유치하는 것은 어떨까? 아니다. 그럼 또 위병에게 신고당할지도 모른다.

그렇다면 그 동네 사람들을 닥치는 대로 차원 창고에 넣어서 강제로 데리고 오는 건…… 이건 그냥 범죄다. 또 에밀리아 선생님한테 야단맞을 거다. 자칫하면 학장님이나 여왕 폐하께도 혼이 날 수 있다.

"후후후. 나한테 좋은 생각이 떠올랐어요!"

그때 샬롯이 자신만만한 얼굴로 외쳤다.

그녀가 자신만만할 때는 정말로 도움이 되는 경우이거나 근거 없는 자신감에 차 있는 경우 중 하나이므로 주의해서 들어야 한다.

"뭔데요?"

"간단해요. 라멘을 홍보하고 싶다면 사람이 많은 곳으로 라멘집을 옮기면 돼요!"

"……하지만, 자금이 부족해서 사람들이 뜸한 곳에 가게를 연 거예요."

"딱히 가게 자체를 옮길 필요는 없어요. 포장마차를 여는 거예요. 작은 포장마차를 열어서 거기서 라멘을 파는 거예요. 거기서 맛있다고 소문이 나면 저절로 이쪽에도 손님이 올 거예요!"

"아아…… 샬롯! 그거 정말 좋은 생각이네요!"

로라는 솔직히 감탄했다.

큰길에 가면 크레이프나 프랑크푸르트 소시지 등 다양한 음식을 파는 포장마차가 있다.

음식뿐만 아니라 액세서리나 수상한 골동품 따위를 파는 노점도 많다.

거기에 섞여서 라멘을 판다고 트집을 잡을 사람은 없을 거다.

어쩌면 자릿세를 요구하는 건달이 있을지도 모르지만 그때는 정의의 편인 파자마레인저나 비밀 결사 종이봉투가 나설 차례다.

"포장마차…… 그렇다해! 라아에도 라멘 포장마차가 있다해. 맛있는 라멘을 만드는 것만 생각했지 거기까지는 머리가 돌아가지 않았다해. 부끄럽다해."

"정해졌으면 바로 포장마차를 만들어요. 재료 조달은 맡겨주세요. 숲의 나무를 조금씩 베어 올게요!"

"하지만 누가 만들지?"

안나가 의문을 제기했다.

"포장마차를 만들 돈 정도는 남아 있다해. 재료비가 굳으면 더욱 여유가 있다해!"

이걸로 희망이 보이기 시작했다.

좋은 일은 서두르라고 로라 일행은 란과 함께 가게를 나섰다.

※

숲으로 향하는 도중, 로라는 문득 깨달았다.

"그런데 숲의 나무는 함부로 베어다 써도 되는 걸까요? 누군가의 소유물이기라도 하면……."

이전에 집에 갔을 때 마을 주변의 숲은 영주의 소유물이라고 어머니에게 들은 적이 있다.

그렇다면 왕도 근처의 숲도 주인이 있을지도 모른다.

불안해진 로라는 일단 학교로 돌아가 수면실에서 낮잠을 자고 있던 대현자를 흔들어 깨워 숲의 나무를 베어도 되느냐고 물었다.

"흠냐흠냐…… 숲의 나무? 이 근방은 전부 여왕 폐하 거니까…… 조금 정도는 괜찮지 않아……?"

"그렇군요! 감사합니다!"

"삐이!"

다시 잠들어버린 대현자에게 이불을 덮어주고, 로라는 복도에서 기다리고 있는 모두에게로 돌아갔다.

"학장님이 조금 정도라면 써도 된다고 하셨어요. 혹시 나중에 여왕 폐하께서 야단을 치시면 학장님 핑계를 대기로 해요!"

"의, 의외로 듬직한 구석이 있는 아이다해……."

대현자의 보증을 얻은 로라 일행은 여왕 폐하의 숲으로 가 한낮에 당당히 나무를 물색했다.

"이 나무가 적당하지 않아요? 포장마차 정도는 이 한 그루면 만들 수 있을 거예요!"

"그래요! 안나, 해주세요!"

"맡겨둬."

로라도 허리에 검을 차고 있지만 지금은 안나에게 역할을 양보했다.

안나는 등에 짊어진 대검을 뽑아 옆으로 휙 휘둘렀다.

거목은 단칼에 보기 좋게 갈라졌다.

그것을 로라와 안나가 힘을 합쳐 잔가지를 잘라내고 훌륭한 통나무로 만들었다.

그리고 다 같이 통나무를 짊어지고 읏샤읏샤 하며 왕도의 목수에게로 가져갔다.

차원 창고에 넣어서 옮길 수도 있었지만 목수 앞에서 갑자기 통나무를 꺼내면 목수가 놀라 자빠질지도 모른다고 생각했다.

로라는 이래 봬도 배려할 줄 아는 아홉 살이다.

※

그리고 일주일 후.

『라멘 가게 란정』 앞에 모인 후, 지난번과 같은 멤버로 목수를 찾아갔다.

그곳에는 훌륭한 포장마차가 기다리고 있었다.

바퀴가 달려 있어서 이동하기도 쉬웠다.

"여기에 장작을 넣고 불을 지피면 냄비를 데울 수 있지요!"

"완벽하다해! 고맙다해!"

목수에게 고맙다고 말한 뒤 이동 포장마차를 란정 앞까지 옮겨 왔다.

그리고 라멘을 만드는 데 필요한 각종 도구를 옮기기 시작했다.

"국물은 이미 다 만들어놨다해. 이걸 데우고 면을 삶으면 금방 라멘을 손님한테 낼 수 있다해."

"우리도 점원으로서 열심히 할게요!"

"든든하다해! 사실 지난 일주일 동안 너희가 입을 옷을 준비해 뒀다해!"

"옷……. 설마 차이나 드레스 말이에요?! 그건 부끄러워요!"

"로라하고 안나는 아직 어리니까 다른 옷을 준비했다해. 그 정도 분별력은 있다해."

"안심했어요!"

차이나 드레스는 몸매가 드러나고 무엇보다 다리가 훤히 보인다.

로라는 발육에 자신이 없기에 차이나 드레스는 조금 더 큰 뒤에 입고 싶었다.

"반대로 말하면 나하고 미사키는 차이나 드레스인 거예요?"

"그렇다해! 특히 샬롯은 어울릴 것 같다해. 미사키는 귀하고 꼬리가 특징이고 자세히 보면 꽤 스타일이 좋다해. 물론 로라하고 안나도 귀여우니까 귀여운 옷을 준비했다해. 네 명 다 미소녀다해."

미소녀라는 칭찬에 로라 일행은 수줍어졌다.

그러나 로라와 안나는 스타일을 칭찬받고 싶었기에 기뻐하는 반면 자기 가슴을 만지작거리면서 복잡한 표정도 지었다.

"삐―."

"아아. 역시 하쿠의 차이나 드레스는 없다해."

"삐이……."

하쿠는 로라의 머리 위에서 구슬프게 울었다.

"하쿠한테는 귀여운 리본이 있잖아요. 다음에 다른 색 리본을 사줄게요!"

"삐? 삐―!"

하쿠는 자기 꼬리에 리본이 묶여 있는 것을 떠올리고, 그것을 보며 신이 나서 폴짝 뛰었다.

멋에 민감한 신수다.

"빨리 갈아입는 게 좋지 않겠습니까? 이러다 점심시간을 놓치겠습니다!"

"그것도 그러네요! 란 씨. 저희가 입을 옷은 가게 안에 있어요?"

"그렇다해. 안에서 갈아입으면 된다해!"

로라는 샬롯과 미사키가 차이나 드레스를 입은 모습이 기대됐다.

그뿐 아니라 자기 옷은 어떨까라는 생각에 가슴이 두근거렸다.

그리고 다같이 란정의 점원으로 변신했다.

샬롯은 열네 살이라고는 믿기지 않을 만큼 몸매가 좋아서 차이나 드레스가 잘 어울렸다.

어른스러운 매력이 뿜뿜 뿜어져 나왔다.

실제로는 상당히 엉성한 구석이 있어 도저히 어른이라고는 말할 수 없지만, 외모만은 섹시한 미녀다.

그와는 대조적으로 안나는 호리호리한 체형으로 소녀다움이 흘러넘쳤다.

이것은 이것대로 무척 수요가 있을 거다.

얌전해 보이는 얼굴도 보호 본능을 불러일으킬 게 틀림없다.

실제로는 웬만한 몬스터라면 십수 마리 단위로 쓰러뜨릴 정도로 강하지만 이것도 외모만 보고는 상상도 할 수 없다.

미사키의 차이나 드레스는 엉덩이 쪽에 꼬리를 빼는 구멍이 뚫려 있었다.

그 구멍으로 아름다운 황갈색 꼬리가 튀어나와 실룩거렸다.

복슬복슬과 차이나 드레스의 조합은 파괴력이 높다.

그리고 로라는…….

"아아, 로라! 너무너무 귀여워요……! 인형으로 만들어 장식하고 싶어요!"

샬롯은 옷을 다 갈아입은 로라를 보고 비명에 가까운 목소리로 외쳤다.

그에 로라는 빙글 돌아 치맛자락을 펼치며 응답했다.

란에 따르면 이 옷은 하나로리라고 하는 모양이다. 안나도 같은 옷이다.

전체적인 장식은 차이나 드레스에 가깝지만 하나로리는 제대로 된 원피스라는 느낌으로 치마 부분은 주름 장식이 풍성하게 달렸다. 이 옷이라면 부끄럽지 않고 평범하게 사랑스럽다.

"예상한 대로 로라랑 안나는 이 옷이 더 잘 어울린다해. 힘들게 만든 보람이 있다해!"

"앗. 이걸 란 씨가 만든 거예요? 굉장해요!"

"재봉은 라멘 다음으로 자신 있다해. 하나로리도 차이나 드레스도 내가 만든 거다해. 물론 내가 지금 입은 것도다해!"

란은 우쭐해하면서 말했다.

실제로 어디에 내놔도 부끄럽지 않을 완성도다.

만약 라멘 가게가 망해도 옷 가게로 먹고 살 수 있을 것 같다.

"좋았어. 그럼 이 모습으로 라멘을 팔아요! 장소는…… 모험가 길드 앞이에요!"

제2장 길드 앞 포장마차, 영업을 시작했어요

모험가 길드 근처에는 당연히 모험가가 많다.

그들은 육체노동자 중의 육체노동자다.

이제부터 가혹한 몬스터와의 싸움에 임하는 자. 또는 몬스터 토벌을 마치고 그 수입으로 뭔가 먹고 마시며 피로를 달래려는 자.

어느 쪽이든 음식점의 수요는 있다.

모험가 길드의 이 층에는 값싼 술집이 있고 바깥에도 다양한 가게와 포장마차가 늘어서 있다.

손님이 많은 만큼 경쟁도 치열하다.

다시 말해 격전지다.

다른 가게보다 뛰어나면 큰 이익을 얻는 대신, 손님을 끌 만한 매력이 없으면 다른 경쟁가게에 묻혀 소리 없이 사라지는 수밖에 없다.

그런 치열한 곳에 새로운 포장마차가 뛰어들었다.

라멘 가게, 란정이다.

모험가들은 물론 라멘이라는 음식을 모른다.

그러나 모두가 란정에 시선을 빼앗겼다.

그 주위에는 용모가 아름다운 소녀 네 명과 매력적인 미녀가 있었기 때문이다.

남성들은 물론이고 여성들도 소녀들의 사랑스러운 모습에 무심코 발길을 멈춰 세웠다.

그 정도로 아름다운 광경이었다.

그 사랑스러운 소녀들이란?

그렇다. 로라 일행이었다!

"지나다니시는 모험가 여러분! 일하기 전 영양 보충은 꼭 란정의 라멘으로 하세요!"

"임무 성공 뒤풀이 장소로도 추천해요!"

"동쪽에서 건너온 전통 요리야. 이걸 먹지 않고서는 진정한 미식을 논할 수 없어!"

"수인도 신수도 인정한 맛입니다!"

"삐!"

주위에는 온통 란이 끓이는 국물 향으로 가득했다.

그러나 들려온 것은 「맛있겠다」가 아니라 「귀여워…….」였다.

지금은 그것으로 족하다.

어쨌든 주목을 끌었다.

"아가씨들, 못 보던 옷인데 이건 무슨 가게야?"

한 남성이 다가왔다.

"라멘이에요! 지금은 반값 행사 중이랍니다! 맛은 저희가 보증해요!"

"그렇군. 귀여운 유니폼이네."

로라 일행의 외모뿐만 아니라, 어떻게든 라멘에 대한 관심도 유도해야 한다.

"이럴 때는 실제로 먹는 걸 보여주는 게 제일입니다. 란 씨. 저에게 라멘을 만들어주십시오."

"알았다해!"

란이 라멘을 만드는 솜씨를 보고 있으면 기분이 좋아진다.

삶은 면을 건져 올리는 법과 그것을 사발에 담는 동작도 달인의 경지다.

다만 로라 일행은 라멘을 만들어본 적이 없기에 어떤 것이 이상적인 형태인지는 모른다.

그러나 분야가 달라도 일류에게는 특유의 『정취』라는 것이 있다.

주위에 있는 모험가들도 그것을 느꼈는지 「이야…….」 하고 짧게 탄성을 질렀다.

"자, 나왔다해!"

"잘 먹겠습니다!"

서로 말끝이 독특해서인지 묘하게 호흡이 맞다.

미사키는 앞에 놓인 사발을 손에 들고, 선 채로 후룩 면을 흡입했다.

"맛있습니다!"

보기만 해도 침이 나올 것 같은 미소다.

그리고 실룩실룩 기쁘게 움직이는 귀와 꼬리는 연기나 빈말이 아님을 한눈에 알 수 있다.

"백문이 불여일견……. 한 그릇만 먹어볼까? 여기, 라멘 하나만 줘!"

한 모험가가 카운터석에 앉았다.

젊은 남성이었다.

외모는 그다지 강해 보이지 않지만 제일 먼저 주문하는 자세로 봤을 때 장래성이 있다.

분명 미래에 훌륭한 모험가가 될 거라고, 로라는 아무래도 좋을 일을 속으로 생각했다.

"주문하신 라멘 나왔다해!"

"이야. 맛있겠는데……. 근데 어떻게 먹는 거야?"

"원래는 젓가락으로 먹는 거지만 익숙하지 않다면 포크도 있다해."

"그럼 포크로 하지. 잘 먹겠습니다……. 음, 이건…… 맛있어!"

남자는 한 입을 먹자마자 쉬지 않고 면을 입으로 가져갔다.

그리고 국물 한 방울 남기지 않고 그릇을 싹 비웠다.

눈 깜짝할 사이에 일어난 일이었다.

"이야…… 세상에 이렇게 맛있는 음식이 있는 줄은 몰랐어. 게다가 싸기까지!"

"고맙다해. 하지만 반값 행사가 끝나면 두 배 가격이다해."

"그래도 싸. 잘 먹었어. 또 올게!"

"아, 잠깐 기다리라해. 여기서 포장마차를 여는 건 주말 이틀뿐이고 평일에는 제대로 가게에서 영업한다해. 이게 가게 지도다해. 잘 부탁드린다해."

란은 음식 값을 받는 것과 동시에 지도와 메뉴가 적힌 전단지를 건넸다.

훌륭하다.

어쨌든 로라 일행은 학교를 쉬는 날에만 란정을 도울 수 있다.

게다가 이 포장마차는 어디까지나 본점을 홍보하기 위한 수단이다.

이렇게 홍보를 잘 해나가면 언젠가는 로라 일행이 가게 일을 돕지 않아도 저절로 본점에 손님이 모일 것이 틀림없다.

"그렇게 맛있으면 나도 먹어볼래!"

"나도!"

상황을 지켜보던 모험가들이 일제히 몰려들었다.

"지, 진정하시라해. 줄을 서서 주문해달라해."

지금이 로라 일행이 나설 차례다.

손님들의 줄을 세우는 동시에 포장마차 밖에 테이블과 의자를 깔아 받을 수 있는 인원수를 늘렸다.

참고로 본점에는 라멘 외에도 메뉴가 몇 개 있지만 포장마차에는 회전율을 높이기 위해 일반 라멘뿐이다.

그 덕에 란은 거침없이 라멘 만들기에 집중했다.

완성된 라멘을 테이블에 배달하는 것도 로라 일행의 역할이다.

하쿠는 아궁이의 불이 약해지면 입에서 불꽃을 푸악 뿜어 불을 조절하는 중요한 임무를 맡았다.

란의 말을 들으며 잘 해내고 있는 모양이다.

그 모습을 본 로라는 휴 하고 가슴을 쓸어내렸다.

갓 태어났을 무렵에는 로라에게서 조금만 떨어져도 울음을 터뜨렸었는데, 어느새 많이 성장했다.

로라는 자식의 성장을 진심으로 기뻐했다.

품에서 떠나보내는 건 쓸쓸하지만 어엿한 신수가 되는 거야라고 생각하는데, 하쿠가 포장마차를 떠나 로라의 머리 위에 푸드득 내려앉았다.

"삐—."

"뭐예요. 역시 내 머리 위가 아니면 불안한 거예요?"

"삐!"

하쿠의 독립은 아직 더 시간이 걸릴 모양이다.

그렇지만 로라도 남 말 할 처지는 아니다.

하쿠가 머리 위로 와줘서 안심해버렸기 때문이다.

자식을 떠나보내지 못하는 성격인 모양이다.

그런 식으로 밀려드는 손님들을 상대하다 보니, 한 시간 남짓만에 냄비의 국물이 동이 나버렸다.

실제로 백 명이 넘는 손님들이 라멘을 먹었다.

중간부터는 모험가뿐만 아니라 지나가던 일반인도 행렬에 줄을 섰다.

이미 대성공이라고 말해도 좋으리라.

"전부 팔렸다해! 죄송하지만 오늘은 라멘이 없다해! 내일 다시 점심때쯤 올 테니 잘 부탁한다해!"

란은 우렁찬 목소리로 손님들에게 외쳤다.

그러나 묘한 어미 탓에 혼란을 낳았다.

"없다해……? 말끝마다 해라니. 그래서 있다는 거야 없다는 거야……?!"

"설마 다 팔리기야 했겠어."

"근데 한다고 하잖아."

말이라는 건 어렵구나라고 생각하면서, 로라는 란 대신 오해를 풀기로 했다.

"있다해……가 아니라, 정말 국물이 다 떨어졌어요! 오늘은 영업 종료예요!"

그제야 줄을 선 사람들은 이해했다.

사람들은 아쉬워하며 행렬을 떠나 흩어졌다.

"……내일은 국물을 더 넉넉히 준비해야겠어요. 두 배로 만들어도 부족할지도 몰라요."

샬롯의 진지한 의견에 안나도 진지하게 지적했다.

"하지만 오늘도 냄비 가득 채워 왔어."

그때 미사키도 의견을 보탰다.

"오늘 번 돈으로 좀 더 큰 냄비를 사면 됩니다. 이익을 올려서 사업을 확대하는 겁니다!"

"어머, 미사키. 줄곧 수인 마을에 살았으면서 상당히 세속적인 것에 밝네요."

"왕도에 오고 나서 여러 가지로 배웠습니다. 저는 인간의 삶에 흥미가 많습니다."

"미사키는 열심히 배우네요! 존경스러워요!"

로라는 솔직하게 감탄했다.

어쨌든 로라는 이론 수업이 싫기 때문이다.

룸메이트인 샬롯이 가르쳐줘서 겨우 수업은 따라가고 있지만 적극적으로 공부할 생각은 없다.

"에헴. 인텔리 수인 미사키입니다!"

미사키는 가슴을 활짝 펴고 으스대며 꼬리를 파닥거렸다.

인텔리 복슬복슬이다.

그러나 그런 복슬복슬 수인 미사키의 지식인 흉내에 안나가 찬물을 끼얹었다.

"하지만 오늘은 반값에 라멘을 팔았으니 수익이 거의 없을 거야."

""""아.""""

안나의 냉정한 발언에 로라와 샬롯과 미사키는 할 말을 잃었다.

그것은 곤란했다.

국물이 부족한 것을 알았는데, 국물을 만들기 위한 냄비를 살 수 없는 것이다.

내일도 이 냄비로 때울 수밖에 없는 걸까…….

"걱정할 거 없다해. 모두들 덕에 포장마차 재료비가 굳었으니 아직 자금에 여유가 있다해. 냄비 정도는 살 수 있다해."

"뭐, 뭐예요. 그런 거예요? 그럼 문제없네요!"

"이래 봬도 어른이다해. 비싼 땅에 가게를 낼 돈은 없어도 냄비 정도는 마련할 수 있다해."

그렇군. 듣고 보니 지당한 말이다.

로라는 데헷 하고 혀를 내밀며 반성했다.

※

그리고 다음 날.

큰 냄비에 국물을 가득 준비하고 손님맞이에 나섰다.

오늘은 이백 명 넘는 사람에게 제공할 수 있을 거다.

그러나 입소문이 퍼졌는지 어제보다 줄이 길어진 기분이다.

"바쁘네요!"

샬롯이 그렇게 외치는 것도 이해가 갔다.

로라는 검 훈련을 할 때처럼 잡념을 비우고 계속 일했다.

그리고 백 명쯤을 상대했을 때 아는 얼굴이 테이블석에 나타났다.

"아, 에밀리아 선생님!"

"아, 로라!"

서로를 손가락으로 가리키며 깜짝 놀랐다.

그때 나머지 일행도 줄줄이 모이기 시작했다.

"어머! 에밀리아 선생님도 줄을 서 계셨나 봐요."

"우리가 있는 걸 모르고 온 거야?"

"이런 우연이 있네요!"

"삐—."

에밀리아는 이쪽의 얼굴을 둘러보고는, 「하아…….」 하고 한숨을 쉬었다.

"반응이 좋은 보기 드문 음식이 있다고 들어서 와봤는데…… 설마 너희들 짓이었다니……. 왕도에서 일어나는 이변은 전부 너희랑 관련이 있다고 생각하는 게 좋으려나?"

어쩐지 무례한 말을 했다.

"에밀리아 선생님은 너무해요! 저희는 라멘을 널리 알리기 위해서 노력하는 중이라고요! 에밀리아 선생님도 라멘을 맛보시면 저희 마음을 아실 거예요!"

"흠…… 그렇다면 빨리 가지고 와 봐."

에밀리아는 무심히 대답했다.

어차피 라멘은 단순한 유행이고, 로라 일행이 허풍을 떠는 것뿐이라고 생각하는 건지도 모른다.

그렇다면 깜짝 놀라게 해줘야 한다.

"좋아요! 란 씨, 라멘을……!"

"이미 만들었다해."

"빨라!"

로라는 라멘을 받아 에밀리아 앞에 내려놓았다.

"자, 라멘의 위대함에 무릎 꿇으세요!"

"허풍도 참……. 앗, 이건?!"

에밀리아는 처음에는 여유 만만한 얼굴이었지만, 렌게로 국물을 한 모금 마신 순간 온몸을 긴장시켰다.

그러더니 안경에 김이 서리거나 말거나 성난 파도 같은 기세로 라멘을 흡입했다.

"……내가 졌어, 로라. 라멘은, 맛있어……!"

"고맙습니다! 또 와주세요!"

로라는 돌아가는 에밀리아의 등 뒤에 대고 크게 외쳤다.

"결국, 무슨 승부였던 거예요?"

"사실 저도 잘 모르겠어요!"

아마 에밀리아도 잘 몰랐을 거다.

모든 것은 분위기가 만들어낸 짓이다.

이렇게 이틀째에도 라멘은 호평이었다.

줄은 줄어들 생각을 하지 않았다.

역시 팔레온 왕국의 왕도다. 한가한 사람들이 끝도 없이 솟아났다.

그러나 국물은 시시각각 줄어들었다.

마침내 국물이 바닥을 드러냈을 때…… 그 두 사람이 나타났다.

"하이~. 여러분. 라멘을 먹으러 왔어!"

"라멘이라는 미지의 음식이 어제부터 왕도를 떠들썩하게 하고 있다고 듣고 왔다. 자, 우리 것도 만들어다오."

은백색 머리칼을 한 아름다운 여성과 로라의 또래 정도로 보이는 어린 소녀였다.

자연스럽게 나타났지만 결코 평범한 사람들이 아니다.

무언가를 숨기려 하는 이 두 사람. 인류 최강의 대현자와 팔레온 왕국의 여왕 폐하다.

두 사람 모두 기대에 찬 눈동자로 포장마차를 바라보고 있다.

분명 라멘의 소문을 듣고 설렌 마음을 안고 온 것이리라.

그런 두 사람에게 로라는 잔혹한 사실을 말할 수밖에 없었다.

"저기…… 방금 재료가 다 떨어져서…… 영업이 끝났어요."

그 순간, 대현자와 여왕 폐하는 입을 딱 벌린 채 얼어붙었다. 그야말로 바보 같은 얼굴이었다.

"무슨 뜻인지 모르겠구나……. 지금, 재료가 떨어졌다고 했느냐? 왕궁에서 몰래 빠져나왔는데, 라멘을 먹을 수가 없는 것이냐?"

"뭐, 그런 거죠."

"……배짱 한번 좋구나. 짐이 누군 줄 알고! 짐은 에멜린 그레타 팔레온이다!"

여왕 폐하는 평소에는 전혀 하지 않는 소설에나 등장하는 나쁜 귀족 같은 대사를 했다.

무심코 악역으로 변해버릴 만큼 라멘이 먹고 싶었던 거다.

그 소원은 들어주고 싶지만…… 없는 건 없는 거다.

"이봐, 대현자. 네 마법으로 어떻게 안 되는 것이야? 마신을 쓰러뜨리고 짐을 이런 아이의 모습으로 만들 정도니 라멘 정도는 만들 수 있겠지?!"

"……먹어본 적 없는 음식을 만들라고 해도 무리야."

"한심하구나! 으으으으, 못 먹는다고 생각하니 더 먹고 싶어졌다……. 무슨 방법이 없는 것이야?!"

"없다해."

가게 주인인 란이 결정타를 날렸다.

"아, 아아……."

여왕 폐하는 힘없이 땅에 주저앉고 말았다.

비싸 보이는 드레스가 더러워졌다.

"뭐 때문에 왕궁을 빠져나왔는지 모르겠구나……. 이러면 괜히 혼만 나는 게 아니냐……."

아무리 여왕이라도 멋대로 집을 빠져나오면 혼이 나는 모양이다.

어지간히 무서운 사람이 왕궁에 있는지 여왕은 그만 울음을 터뜨렸다.

대현자는 그런 작고 귀여운 여왕 폐하를 들쳐 메고는, 마찬가지로 슬픈 얼굴로 포장마차를 바라봤다.

"너희. 나한테 좌절을 맛보게 하다니 제법이야……. 두고 봐! 내일은 일어나자마자 줄을 서줄 테니까!"

그렇게 내뱉듯이 말하고는 터벅터벅 걸어갔다.

그러나 내일은 평일.

수업이 있어서 로라 일행은 가게를 도울 수가 없다.

따라서 란정은 포장마차가 아니라 본점에서 정상 영업을 한다.

"……학장님도 평일에는 학장님으로서 업무를 보셔야 할 것 같은데……. 아침부터 줄을 서도 괜찮은 걸까요?"

로라는 소박한 의문을 입 밖에 냈다.

물론 누구도 정답 따위 몰랐다.

단 하나 분명한 것은 내일 대현자가 아무리 이곳에서 기다려본들 라멘을 먹을 수 없다는 사실뿐이다.

※

"샬롯, 방과 후예요!"

"삐—."

"알아요. 란정에 가자는 거죠?"

"역시 샬롯! 내 생각을 훤히 아네요! 그럼 안나랑 미사키도 불러서 같이 가요!"

어제와 그저께, 로라 일행은 모험가 길드 앞에서『라멘 보급 활동』을 벌였다.

그 노력이 얼마나 결실을 맺었는지 란정의 본점에 가서 확인하는 거다.

로라의 예상으로는 분명 긴 줄이 늘어서 있을 것 같았다.

란 혼자서는 감당할 수가 없어서 쩔쩔매고 있을지도 모른다.

"아무리 그래도 그렇게까지 줄이 길지는 않을 거예요. 사람들이 많이 지나다니는 길드 앞이니까 그만큼 붐빈 거예요. 본점은 위치가 안 좋으니…… 뭐, 그럭저럭 있는 느낌이겠죠."

"그럭저럭이라도 아예 없는 것보다는 훨씬 나아."

"그렇습니다. 처음부터 대성공을 기대해서는 안 되는 것입니다."

저마다 의견을 내면서 란정으로 향했다.

그러나 도착한 곳에는 예상 밖의 광경이 기다리고 있었다.

"어, 어라……? 가게 안을 들여다봐도, 손님이 없어요……."

"맙소사! 우리가 한 홍보는 헛수고였던 거예요?!"

"말도 안 돼……. 그렇게 다들 맛있게 먹어줬는데."

"이것은 뭔가 착오가 있는 것입니다!"

미사키는 외치며 가게 문을 열었다.

그곳에는 차이나 드레스 차림의 여성 **두 명**이 의자에 주저앉아 무거운 공기를 조성하고 있었다.

한 명은 가게 주인인 란.

그리고 또 한 명은 놀랍게도 대현자였다.

"학장님?! 어째서 여기에…… 그것도 차이나 드레스 차림으로!"

"아아, 로라……. 그래, 벌써 방과 후였네……. 익숙지 않은 일을 해서 그런지 피곤해서 정신을 놓고 있었나 봐……."

대현자는 생기 없는 목소리로 말했다.

이어서 란도 이쪽을 바라보며 힘없이 팔을 올리더니, 엄지를 세웠다.

"다들, 해냈다해……. 문을 열자마자 문전성시. 국물은 금세 동이 났다해…… 설마 이렇게까지 올 줄은 몰랐다해……. 대현자님이 도와주지 않았다면 완전히 파국이었다해……."

"아! 다 팔려서 손님이 없는 거군요!"

로라 일행은 안도의 한숨을 내쉬었다.

참고로 대현자가 첫 손님이었다고 한다.

대현자는 새벽부터 길드 앞에 죽치고 있었지만 그 베테랑의 감으로 일찌감치 무언가가 이상하다는 것을 깨달았다.

그리고 압도적인 정보 수집력으로 란정의 위치를 알아내서 문을 열기 전부터 줄을 서는 데 성공했다.

"내가 라멘을 먹는 사이에 계속 손님이 들어왔어. 이건 란 양 혼자서는 감당할 수 없겠다 싶어서 가벼운 마음으로 돕기 시작한 거야……. 그랬더니 점심때 절정을 맞은 거고…… 죽는 줄 알았어."

"아…… 학장님도 죽음의 위협을 느끼기도 하시는군요."

"그야 난 접객업 같은 건 거의 해본 적이 없으니까……."

대현자에게 접객업은 드래곤과 싸우는 것보다 어려운 모양이다.

"하지만 정말 도움이 됐다해. 대현자님은 미인이니까 손님들도 좋아했다해. 내일도 잘 부탁드린다해!"

"내, 내일도……? 내일은 에밀리아한테 대신 해달라고 할까……."

"안 돼요. 학장님. 에밀리아 선생님은 저희들 수업이 있어요."

"하긴 그렇지……. 그럼 폐하한테 맡길래."

로라는 그거야말로 안 된다고 생각했지만, 아무리 대현자라도 농담으로 한 말이겠지라고 믿고 굳이 말하지 않았다.

그랬는데 만약 진심으로 한 말이라면 무섭다.

무서운 일은 모르는 게 상책이다.

진실을 안다고 해도 대현자를 막는 건 불가능하다.

유사시라면 몰라도 평소에는 대현자가 왕도에서 가장 한가한 사람이니 그냥 이대로 라멘을 위해 봉사해야 할 것이다.

수면실에서 게으르게 잠을 자는 것보다는 훨씬 의미 있는 일이라는 것을 아홉 살짜리도 안다.

"밤에도 가게를 열 생각이었지만…… 이미 국물을 준비할 기력도 체력도 없다해……."

아무래도 라멘 홍보에 너무 힘을 쏟은 모양이다.

그러나 지금은 다들 신기해서 줄을 서는 건지도 모르지만, 이런 상황이 영원히 지속되는 것은 아니다.

오히려 언젠가 식상해져서 파리가 날릴 가능성도 있다.

왕도는 인구가 많은 만큼 음식점의 숫자도 종류도 많다.

경쟁자는 넘쳐난다.

그들이 이 라멘의 인기를 수수방관하고 있다고도 생각할 수 없다.

한때의 인기에 안주해서는 왕도에서 살아남을 수 없다.

단순히 맛있기만 한 게 아니라 유일무이한 『매력』이 있다면 마음이 놓일 텐데…….

어쨌든 지금은 밀려드는 손님에게 라멘을 제공하는 것만으로도 역부족인 상황이다

조금 더 여유가 필요하다.

로라는 좋은 생각이 없나 하고 고개를 기울였다. 그러자 하쿠가 기울어진 머리 위에서 굴러 떨어지지 않으려 굼실굼실 다리에 힘을 줬다.

"일단 란 씨. 이제 반값 할인은 그만하는 게 좋겠어요. 일손이 많으면 몰라도 지금 같은 상황에서 박리다매를 하는 건 스스로 목을 조르는 행위일 뿐이에요. 원래 가격으로 돌아가면 싸서 먹는 사람을 잘라내는 게 되겠지만, 정말로 라멘을 좋아하는 손님만 올 거예요."

샬롯이 개선책을 제안했다.

듣고 보니. 반값 할인은 라멘에 대한 손님들의 관심을 끌기 위해서 한 것이다. 이렇게 란과 대현자가 넋을 놓을 정도로 손님이

오게 된 이상, 더는 필요 없는 행사다.

"그리고 이왕 모험가 길드 앞에서 홍보를 했으니 모험가가 좋아할 만한 메뉴를 만들면 좋겠어. 그 사람들은 대체로 늘 배가 고파서 많이 먹어. 특히 수입이 적은 신출내기 모험가는 싸고 든든하게 먹을 수 있는 음식을 원하고."

안나도 아이디어를 냈다.

입학하기 전부터 모험가로 활동한 그녀이기에 가능한 발상이다.

"흠흠……. 그럼 양을 늘리는 쪽으로 가야겠네요. 하지만 가격이 비싸면 안 된다고…… 란 씨, 가능할까요?"

"라멘에서 가장 원가가 비싼 건 국물. 면이나 건더기를 늘려도 가격에는 그렇게 영향을 끼치지 않는다해."

"우와! 그럼 가능하겠네요!"

"면만 늘리면 영양이 치우치니 채소도 늘리는 겁니다. 숙주나물이라면 싸게 사들일 수 있을 겁니다."

"미사키, 잘 아네요!"

"멋으로 학교 식당에서 일하는 게 아닙니다."

아이디어가 그럴 듯하게 갖춰졌다.

그렇다면 다음은 식재료 준비와 시행착오를 통한 레시피 개발이다.

로라 일행은 시식에는 자신 있지만, 라멘을 만드는 일 자체는 란에게 맡기는 수밖에 없다.

그리고 식재료는…….

"학장님은 발이 넓으니 다양한 물건을 싸게 구해오실 수 있죠?"

"음…… 그래……. 숙주나물부터 군함 정도까지라면 가능해."

"아뇨. 군함은 괜찮으니 숙주나 다른 식재료를 부탁드려요."

로라는 숙주나물부터 군함 사이에는 무엇이 있는지 궁금해졌지만 지금 중요한 건 라멘이다.

어쨌든 라멘 제조와 재료 공수는 두 어른에게 맡겼다.

로라 일행에게는 수업과 학교 식당 일이 있다.

그래도 방과 후에 시식 정도는 도울 수 있을 거다.

만드는 담당과 먹는 담당.

훌륭한 역할 분담이다.

츄릅 군침이 돌기 시작했다.

제 3 장 모험가 라멘에 마늘을 넣나요?

란정 앞의 행렬은 나날이 줄었다.

반값 할인을 중단한 것과 신선함이 옅어진 것이 이유이리라.

그러나 작은 가게이기에 그것은 오히려 다행이었다.

고정 손님은 확실히 생겼다.

덕분에 안심하고 신메뉴를 만들 수 있었다.

란과 대현자가 의논해서 메뉴를 개발하고, 로라 일행이 맛을 봤다.

그리고 다시 휴일인 주말이 돌아왔다.

란정의 포장마차는 다시 모험가 길드 앞에 나타났다.

로라와 안나는 하나로리. 나머지는 차이나 드레스를 입었다.

오늘은 무려 대현자까지 참가했다.

그러나 정말로 중요한 것은 그게 아니다.

홍보해야 할 것은 신메뉴 『모험가 라멘』이다!

"출출하신 모험가 여러분! 한 그릇만 먹어도 불끈불끈 힘이 솟는 라멘을 개발했답니다! 이름하야 모험가 라멘! 면도 채소도 듬뿍 넣었어요. 마늘 토핑이 무려 공짜! 채소나 비곗살 토핑도 무료로 드려요! 이걸 드시면 어떤 몬스터를 만나도 지지 않을 거예요! 물론 모험가가 아니신 분들께도 추천해요!"

로라 일행은 『신메뉴, 모험가 라멘!』이라고 적힌 입간판을 들고 홍보에 열을 올렸다.

그러자 다시 사람들이 우르르 몰렸다.

"포장마차에서도 먹고 본점에서도 먹어서 오늘은 다른 가게에 가려고 했는데 신메뉴가 궁금하군!"

"그것도 모험가 라멘이라니. 이건 모험가라면 먹어봐야지!"

"그것보다…… 저 은발 머리, 대현자 아냐……?"

"하하, 설마. 대현자가 포장마차에서 일을 할라고."

"하긴 그런가……."

그런 목소리가 들려왔다.

정말로 대현자지만 말해도 믿을 사람은 없으리라.

로라도 학교에 들어가서 대현자와 친해지기 전이었다면, 그 영웅이 포장마차에서 일하고 있다고 들어도 절대로 믿지 않았을 거다.

그러나 지금은 「낮잠도 반납하고 성실히 일하다니 훌륭해요」라는 느낌이다.

"제가 모험가 라멘을 먹는 모습을 직접 보여주겠습니다. 모험가라면 반드시 먹고 싶어질 요리입니다."

"토핑은 뭐로 할까해?"

"마늘, 비곗살, 채소 사리로 하겠습니다!"

그렇게 말한 미사키는 란에게서 사발을 받아 테이블석에 앉아 먹기 시작했다.

모험가 라멘은 일단 외관이 굉장하다.

숙주나물과 양배추가 면이 보이지 않을 만큼 수북이 담겨 있다.

거기에 마늘 토핑. 그야말로 몬스터와 싸우기 위한 스태미나식이다.

게다가 비곗살. 이것도 무료 토핑이다. 보통 사람이 먹으면 살이 찔 게 틀림없지만 육체노동자라면 괜찮을 거다. 그리고 살이 쪄도 좋으니 어쨌든 기름진 걸 먹고 싶은 사람에게도 추천한다.

그리고 면발은 일반 라멘보다 훨씬 굵다.

모험가 라멘을 위해 란이 새롭게 만든 면이다. 밀가루 매입은 대현자가 담당했다.

박력마저 느껴지는 굵은 면발은 그 생김새를 배반하지 않는 식감을 지녔다.

그런 모험가 라멘을 미사키는 맹렬한 속도로 먹었다.

한창때의 소녀로서 이래도 되나 싶은 모습이지만, 로라는 미사키의 마음이 충분히 이해가 갔다.

시식 때 그 맛에 감탄한 것이다.

젓가락을 멈출 수가 없었다.

냄새가 날 것을 알면서도 마늘을 먹고 말았다.

그 비곗살도 미용에 나쁠 것 같지만, 어째선지 중독이 될 만큼 맛있었다.

다 먹은 후에 「이런 걸 계속 먹으면 몸이 큰일 날 거야. 이제 다시는 먹지 않겠어」라고 생각해도, 몇 시간 뒤에는 또 먹고 싶어졌다.

그게 모험가 라멘이다.

"국물까지 전부 다 먹었습니다. 잘 먹었습니다."

미사키는 정말로 맛있게 후루룩 먹어치웠다.

그 모습을 본 모험가들은 눈빛이 달라져서 포장마차에 줄을 섰다.

일단 일반 라멘의 면도 준비해왔지만 모험가 라멘 주문뿐이었다.

"우와…… 굉장해! 하루치 에너지가 몸에 비축된 느낌이야!"

"안 돼……. 전위라면 몰라도 마법사인 내가 이런 걸 먹으면 군살이…… 배에 군살이……."

"몬스터 토벌을 마친 몸 구석구석에 스며드는 파워…… 그야말로 모험가를 위한 라멘이야!"

"힘이 솟기 시작했어! 지금이라면 드래곤도 이길 것 같아!"

뭔가 식사를 즐긴다기보다 의식 같은 분위기가 떠돌기 시작했다.

그러나 호평은 호평이다.

더러 모험가가 아닌 사람도 도전했다. 하지만 양이 너무 많아서 간신히 다 먹는다 해도 괴로운 얼굴로 돌아갔다.

소문을 듣고 찾아온 길드의 접수원 아가씨들은 눈물까지 흘렸다.

"흑흑. 분명 살찔 거야……."

"남겼어야 했어……. 남겼어야 했어……."

"그걸 알고서도 다 먹어버렸어……."

살이 찌는 걸 알면서도 멈출 수 없다.

그게 모험가 라멘이다!

하지만 양이 많은 만큼 회전률은 떨어졌다.

그 덕에 국물이 오래갔다.

또 양에 두려움을 느꼈는지 줄을 서는 손님 수 자체도 적었다.

지난주는 줄이 계속 늘어나는 상태로 국물이 다 떨어져버렸지만, 오늘은 그럴 일은 없을 것 같다.

너무 바빠서 쩔쩔맬 걱정도 없다.

문제라면 엉덩이를 터치당할 뻔한 샬롯이 손님을 때려눕힌 정도다.

다시 말해 모든 것이 순조로웠다.

"응? 학장님. 왜 손님들 틈에 섞여서 줄을 서신 거예요?!"

"내가 없어도 가게는 돌아가잖아~. 배도 고프고."

"네……. 계산은 확실히 해주세요."

이런 짓을 할 여유도 있었다.

그리고 해질 무렵, 무사히 모든 음식을 팔았다.

자축하며 다 같이 뒷정리를 하는데, 모험가 라멘을 먹고 토벌에 나섰던 사람들이 웃으며 돌아왔다.

“그 라멘 덕에 평소보다 힘이 더 세졌어! 고마워!”

“마법도 더 세진 기분이야!”

세상에.

스태미나에 도움이 될 거라고는 생각했지만, 설마 파워 업까지 해버리다니.

동방의 신비라는 것일지도 모른다.

※

라멘 포장마차는 처음 예상을 훨씬 웃도는 성공을 거두었다.

싸고 맛있을 뿐만 아니라 모험가에게 실제로 도움이 된다고 판명된 이상, 이것은 일시적인 인기에 그칠 것이 아니라 완전히 정착시켜야 마땅하다.

그러나 인간의 위에는 한계가 있다.

다시 말해, 라멘을 먹는 사람이 늘어나면 늘어날수록 다른 음식점의 매상은 줄어든다.

그것을 탐탁지 않게 여기는 사람들은 당연히 존재했다.

그중에는 직접 승부를 생각하는 이마저 있었다…….

※

그로부터 일주일 후.

로라 일행은 또다시 포장마차의 일손을 거들러 왔다.

그러나 대현자는 나오지 않았다.

대현자는 마력과 지식 모두 최고지만 근면과는 거리가 멀었다.

지난주만으로 질려버렸는지 지금은『낮잠 집중 운동』을 실시 중이라나.

"어라? 저 포장마차가 지난주에도 있었나요?"

로라는 란정의 맞은편에 있는 낯선 포장마차를 발견했다.

간판을 보니, 파스타 가게인 모양이다.

가게 앞에는 엄청난 줄이 있었다.

마치 란정이 처음 이곳에 포장마차를 열었을 때와 같은 줄이다.

누가 어디서 장사를 하든 로라 일행이 참견할 권리는 없다.

그러나 그 파스타 가게에서 어쩐지 따가운 시선 같은 것이 느껴졌다.

나아가 적의마저 감지됐다.

단순한 억측일까?

"저 간판은…… 분명 왕도 곳곳에 지점을 가진 파스타 체인점

『레디온 파스타』예요. 포장마차로는 처음 보지만요…….”

“나도 먹어본 적은 없지만 간판은 본 적이 있어.”

왕도에서 오래 산 샬롯과 안나가 하는 말이니 틀림없으리라.

“다시 말해 새로운 경쟁자군요. 자, 정정당당히 승부를 하는 겁니다.”

“서쪽 면과 동쪽 면의 직접 승부…… 불타오른다해!”

란의 눈동자가 이글이글 타올랐다.

물론 실제로 타오른 것은 아니지만 그렇게 보일 만큼 기합이 들어가 있었다.

“자, 우리도 장사를 시작해요! 저쪽의 줄을 우리 쪽으로 끌어오겠어요!”

“오늘 국물은 지난주보다 좋아!”

“한 그릇을 먹기만 해도 드래곤을 이길지도 모릅니다!”

샬롯, 안나, 미사키가 외쳤다.

그런데 어찌된 일일까.

지난주까지 그렇게 줄을 섰는데 오늘은 손님이 거의 없었다.

물론 아예 없는 것은 아니지만, 란이 라멘을 삶는 손을 멈출 만큼 한가했다.

어제 방과 후에 놀러 왔을 때는 본점에도 제법 손님이 있었는데 말이다.

고작 하루 만에 라멘의 인기가 사라지는 것은 이상한 일이다.

그래서 로라는 몇 안 되는 손님들에게 물어봤다.

"저기…… 어째서 건너편 파스타 가게에만 줄을 서고 이곳에는 손님이 오지 않는 건지 뭔가 짐작 가시는 게 있나요?"

"응? 그거야, 저기는 파스타에 엄청난 걸 넣고, 믿기 힘들 만큼 싸게 파니까……. 어지간히 라멘을 먹고 싶은 녀석이 아니고서야 여기는 안 올 거야."

"엄청난 것……?"

"약초야."

"네?!"

로라는 귀를 의심했다.

약초는 그 이름대로 약의 효능이 있는 식물이다.

개중에는 먹기만 해도 상처나 병이 낫거나 눈이 밝아지거나 마력이 일시적으로 향상되는 종류도 있다.

그러나 모두 예외 없이 비싸다.

파스타에 넣어서 팔 만한 재료가 아니고, 저렇게 줄을 설 만큼 이 동네에 부자들이 모여 있다고도 생각할 수 없다.

"란 씨. 제가 파스타 가게에 정찰을 다녀올게요!"

"알았다해. 부탁한다해."

"가요. 하쿠!"

"삐!"

가게는 나머지 멤버들에게 맡기고, 로라와 하쿠는 스파이가 되기로 했다.

다만 옷차림이 화려해서 누가 봐도 란정의 점원이었다.

그래서 로라는 당당히 정면으로 접근했다.

"너, 너무 싸! 이런 가격에 팔아도 이윤이 남는 거예요?!"

가격을 확인한 순간, 로라는 그만 큰 소리로 외치고 말았다.

게다가 파스타에 들어 있다는 약초는 가장 비싼『원기초』.

먹으면 반나절은 힘이 지속된다는 약초로, 신체 능력이 현격히 향상된다는 모양이다. 또한 피로 회복에도 효과가 있고, 상처도 빨리 치유된다.

그러나 마력을 가진 강력한 몬스터의 사체에만 뿌리를 내리므로 양식도 어렵다.

과거의 데이터로 효능은 보증되었지만, 값이 비싼 탓에 그것으로 자신을 강화해서 토벌 임무를 맡아도 수입으로 이어지기는 힘들다고 들은 적이 있다.

정말로 절대로 질 수 없다, 지금이다, 라고 생각할 때만 사용되는 약초다.

그런데 그런 귀중한 원기초가 파스타의 건더기가 되어 포장마차에서 팔리고 있었다.

그것도 모험가 라멘보다 조금 비싼 가격으로.

있을 수 없는 일이다.

대량으로 구입해서 단가를 낮췄다 해도, 원가 붕괴 상황인 게 분명하다.

로라는 멍하니 가게 앞에 서 있다가 파스타 가게 직원과 눈이 마주쳤다.

상대는 씨익 하고 고약한 미소를 지었다.

"아니, 라멘 집 직원 아냐? 무슨 일이야? 그런 곳에 멍하니 서서. 파스타가 먹고 싶으면 뒤로 가서 줄을 서야지."

"따, 딱히 파스타를 먹으러 온 게 아니에요! 그보다, 그 원기초는 진짜가 맞나요?! 그 가격에 제공할 수 있는 게 아닌 것 같은데요……."

"뭐야. 괜한 트집은 자제해줘. 기업이 노력해서 겨우 실현한 가격이라고. 계속 시비 걸면 위병을 부르겠어."

"크윽……."

원기초가 가짜라는 증거는 어디에도 없기에 로라는 아무 반격도 할 수 없었다.

흥 하고 어깨를 들썩거리며 란정으로 돌아가는 수밖에 없다.

그 등 뒤로 파스타 집 직원의 목소리가 들려왔다.

"자자, 여러분. 저희 『레디온 파스타』는 손님 여러분을 가장 먼저 생각합니다! 그래서 이 가격인 거고요! 그리고 서쪽의 면이라면 역시 파스타지요!"

와아 하는 환성도 들려왔다.

로라는 너무 분해서 뺨을 잔뜩 부풀렸다.

그러나 아직 진 게 아니다.

저런 원가를 붕괴한 반칙 같은 가격을 내세운 가게가 바로 앞에 있어도, 몇몇 손님은 란정을 찾아주었다.

그만큼 라멘이 사랑받고 있다는 증거다.

라멘을 사랑하는 사람들을 위해서라도 가게를 망하게 할 수는 없다.

"여러분! 비상사태예요!"

로라는 모두에게 파스타 가게가 원기초가 들어간 메뉴를 터무니없는 가격에 팔고 있다는 것을 알렸다.

가장 먼저 샬롯이 반응했다.

"그건 정말 이상해요. 명백히 채산을 무시한 장사예요. 우리 가게를 망하게 하려고 일부러 그러는 건 아닐까요?"

"확실히 란정은 다른 가게의 손님을 빼앗아왔어. 원망을 산 건지도 몰라."

"세상에……. 난 그저 모두가 라멘을 먹어주길 바란 것뿐이다해!"

"란 씨는 잘못한 게 없습니다. 성실히 장사를 한 것뿐입니다. 그리고 파스타 가게의 가격 파괴도 법을 위반한 것이 아닙니다. 경쟁인 것입니다.”

“물론 그렇지만…… 그건 원기초가 진짜였을 때예요. 그러니 우리도 줄을 서서 직접 먹어봐요. 만약 가짜라면 사기라도 외치자고요!”

슬프게도 란정에는 손님이 뜸했다.

란 한 명에게 맡겨도 문제될 것은 없다.

그래서 로라 일행은 파스타 가게에 줄을 섰다.

무려 한 시간 넘게 기다려야 했다.

그러나 원기초가 가짜임을 증명한다면, 상황은 한 번에 역전이다.

“이, 이건……!”

“말도 안 돼요!”

“힘이 솟아납니다!”

“진짜 원기초…….”

“삐이!”

테이블석에서 파스타를 먹은 로라 일행은 온몸에 힘이 솟아오르는 것을 느꼈다.

마늘을 먹어서 활력이 생겼다거나 어쩐지 힘이 세진 것 같다는 식의 사소한 느낌이 아니다.

깊은 곳에서부터 타오르는 듯한 열기가 느껴졌다.

몸이 가벼웠다.

오감이 날카로워졌다.

이것은 틀림없이 원기초다.

"진짜예요……. 다른 트집은 잡을 수 없어요……."

고개를 떨구는 로라 일행을 파스타 가게 점원이 의기양양하게 바라보고 있었다.

적은 만만치 않다.

작전 회의가 필요할 때다.

※

"원기초는 진짜였어요……. 다시 말해, 상대는 원가 붕괴를 각오하고 가격 경쟁을 걸어온 거예요. 이대로는 도저히 희망이 없어요."

손님이 뜸한 란정 포장마차에서 작전 회의에 들어갔다.

"하지만 원가 붕괴라는 건, 팔면 팔수록 손해인 거잖아요? 그럼, 그냥 내버려두면 저쪽이 망하는 거 아닌가요……?"

"로라. 상대가 체인점이라는 걸 잊지 마세요. 저 포장마차가 적자라 해도 다른 가게에서 보충하면 망하는 일은 없어요."

"하지만 왜 그렇게까지 해서 약초가 들어간 파스타를 파냐해?"

"그건 당연히 란정을 망하게 하기 위해서겠죠."

란의 질문에 샬롯이 곧바로 답했다.

"이유를 모르겠다해. 란정은 분명 이 동네에서는 인기를 끌었다해. 하지만 왕도 전체로 보면 미미한 수준이다해. 그 파스타 집이 왕도 전체에 퍼져 있고, 다른 가게에서 이익을 올리고 있다면 란정 같은 건 내버려두면 된다해. 어째서 굳이 바로 맞은편에 가게를 낸 거냐해?"

"분명 란정이 성장해서 가게를 늘리기 전에 망하게 하려는 속셈인 거야. 경쟁자는 강해지기 전에 쓰러뜨리는 게 편하니까."

안나가 그렇게 말하자 란은「듣고 보니…….」하고 납득했다.

그러나 로라는 위화감을 느꼈다.

"음…… 이치로는 알겠지만, 경쟁자는 강한 편이 전의가 타오를 것 같은데 말이에요."

"동감이에요. 서로 만전을 기한 상태에서 싸워야 비로소 승부라고 할 수 있어요. 음식점이라면 어디까지나 맛으로 승부해야 해요. 약초에 파스타가 딸린 듯한 메뉴로 손님을 빼앗아가서 무엇이 기쁜 건지 이해할 수 없어요!"

로라와 샬롯은 서로 격하게 공감했다.

그러나 나머지 사람들은 누구도 동의해주지 않았다.

"그건 로라에몬 씨와 샬롯 씨가 변태적인 난관 집착증이 있어서 그렇게 생각하는 것뿐입니다. 보통은 편하게 이기고 싶어 하는 법입니다."

"미, 미사키! 사람을 변태 취급 하지 마세요!"

"그래요! 우린 변태가 아니에요! 그렇죠? 안나. 안나도 우리랑 같은 의견인 거죠?"

로라와 샬롯은 안나에게 매달리는 듯한 시선을 보냈다.

그러나 그 시선은 외면당하고 말았다.

""안나?!""

"아니…… 두 사람이 하는 말도 알겠지만…… 난 그렇게까지 승부에 집착하지 않아……. 똑같이 취급하면 곤란해."

안나는 미안하다는 듯이 중얼거렸다.

그 미안해하는 얼굴이 오히려 로라를 『응? 우리 생각이 그렇게 이상한 건가요……?』라며 불안하게 만들었다.

'치, 침착하게 생각해요……. 일단 나와 샬롯은 생각이 같아요. 그런 샬롯은…… 으음, 확실히 괴짜예요. 그리고 아버지도 나와 같은 생각일 거예요. 아버지도…… 괴짜일지도 몰라요. 응……? 으으응?'

이건 큰일이다.

경악할 만한 사실에 로라는 아연실색했다.

샬롯을 배신하고 안나 쪽에 붙는 것이 더 현명할지도 모른다.

그러나 승부는 정정당당해야 한다는 생각은 굽힐 수 없다.

아무래도 샬롯과 함께 계속 괴짜로 남을 수밖에 없을 모양이다.

"로라에몬 씨가 변태인 건 자유지만 하쿠 님께는 옮기지 않도록 주의해주셨으면 합니다."

"삐이?"

"질병처럼 말하지 마세요!"

"변태 같은 건 아무래도 좋다해. 문제는, 어떻게 파스타 가게에 맞서느냐다해."

아무래도 좋다는 말은 슬프지만. 이 이상 변태 소재를 파헤쳐지는 것도 싫었기에 로라는 얌전히 란의 제안에 응했다.

"그래요! 중요한 건 그거예요. 누구 좋은 아이디어 없나요?"

"그렇게 말해도……. 이렇게까지 자금력의 차이를 실감시켜주니 괴로워."

"우리도 저쪽이 한 것처럼 샬롯 씨의 돈으로 라멘에 약초를 넣는 건 어떻습니까? 고아원 때처럼……."

"그때는 건달한테 시비가 걸린 고아원을 구한다는 대의명분이 있었기 때문에 돈을 마련할 수 있었던 거예요. 라멘 가게를 살리기 위해서라고 하면 아버지도 빌려주시지 않을 거예요."

"음…… 확실히 고아원과 라멘 가게를 놓고 보면 전자가 공공성이 높으니까요."

샬롯의 자금력을 기대할 수 없는 것은 뼈아프다.

하지만 당연한 일이다.

로라 일행은 어디까지나 일손을 도울 뿐, 경영자는 란이다.

여기서 샬롯의 돈을 쓰는 것은 이치에 어긋난다. 설령 그걸로 극복한다 해도 다시 비슷한 위기가 닥쳤을 때는 어떻게 할 것인가.

그걸 생각하면 어디까지나 큰돈을 쓰지 않는 방법으로 파스타 가게를 이겨야 한다.

다 같이 끙끙대며 고민했다.

그러나 좀처럼 생각이 떠오르지 않았다.

"차라리 장소를 옮기는 건 어떻습니까? 모처럼 자리를 잡았는데 모험가 길드를 떠나는 건 괴로운 일입니다만, 원기초와 대결하는 것보다는 낫습니다."

"하지만 상대도 포장마차야. 쫓아올 게 뻔해."

"상대가 쫓아올 수 없으면서도 손님이 많은 장소가 있으면 좋을 텐데요……."

샬롯이 투덜거리며 말했다.

"그런 좋은 장소는 없다해."

"그렇죠……."

란은 샬롯의 말을 즉시 부정했다.

그러나 로라는 신의 계시를 받은 듯한 기분이 들었다.

"파스타 가게가 따라올 수 없고, 손님이 많은 장소! 그거예요!

그곳에 가면 돼요!"

"로라. 그런 곳이 없어서 곤란한 거예요!"

"아뇨, 있어요! 그런 곳이! 보통 사람은 몰라도 모험가라면 갈 수 있어요! 우리는 모험가를 상대로 장사를 하고 있으니 상황이 유리해요. 왜 지금까지 그 생각을 못 했을까요!"

로라의 말에 처음에는 모두 영문을 모르겠다는 표정을 지었다.

그러나 샬롯과 안나는 이해를 했는지 납득한 듯이 끄덕였다.

"로라는 천재예요!"

"아주 영리했어. 백점이야!"

"에헤헤. 그러니, 내일은 포장마차로 사냥터에 직접 뛰어드는 거예요. 이름하야 돌격 라멘 행상 작전! 파스타 가게는 절대로 따라할 수 없어요!"

로라는 떠오른 작전명을 외쳤다.

모험가들은 몬스터와의 격전을 끝낸 후에 마침표의 의미로 라멘을 먹으러 오는 일이 많았다.

그것을 파스타 가게에 빼앗겨버린 셈인데, 그것은 같은 장소에 가게를 냈기 때문에 일어난 현상이다.

몬스터 토벌을 마친 모험가가 제일 먼저 향하는 장소는 길드이니, 길드 앞에서 장사를 하는 것이 제일……이라고 보통은 생각할 것이다.

그러나 좀 더 사냥터와 가까운 장소.

그보다, 아예 사냥터에서 라멘을 팔면 그것은 완벽한 독무대다.

라멘으로 모두를 배부르게 해버리면 파스타를 먹을 여유를 빼앗을 수 있다.

또 몬스터와 싸우다가 다친 모험가는 체력을 회복하기 위해 음식을 찾을 것이다.

그때 휴대 식량이 아니라 따뜻한 라멘을 들고 가면 달려들 것이 틀림없다.

원기초만큼은 아니지만 마늘이 듬뿍 들어간 모험가 라멘은 체력 회복에 도움이 된다.

"그래……. 사냥터라면 배고픈 모험가가 있다해. 하지만 위험도 많다해. 경호원을 고용할 돈은 없다해."

"후후후. 란 씨는 모르는군요. 우린 이래 봬도 무척 강해요!"

로라는 보란 듯이 가슴을 활짝 폈다.

"정말이냐해? 나무를 베는 것과 몬스터와 싸우는 건 다르다해?"

란은 의심 가득한 눈초리를 보냈다.

하긴 로라들의 겉모습은 가냘픈 소녀이니 무리도 아니다.

어떻게 이해시킬까.

"자, 란 씨. 보세요. 제 머리 위에는 드래곤이 타고 있어요. 다시 말해 저는 드래곤이 따를 정도로 강한 거예요!"

"삐—."

자기 이야기인 것을 눈치챘는지 하쿠는 이때라는 듯이 울며 자기 어필을 했다.

"드래곤이라고 해도 새끼다해. 그보다, 지난번에 하쿠는 드래곤이 아니라고 했다해. 그건 어떻게 된 거냐해?"

"음……. 그럼, 직접 보여주는 수밖에 없네요! 오늘은 이만 가게를 접고 같이 학교로 가요! 왕도를 한바탕 떨게 만들겠어요!"

"굉장한 자신감이다해."

란은 아직 믿기 힘들다는 얼굴이었다.

그러나 샬롯은 자신만만한 얼굴을 했다.

안나는 「오버는 하지 마」라고 작게 중얼거렸다.

미사키는 「기대됩니다!」라며 귀와 꼬리를 실룩거렸다.

하쿠도 어째선지 자신 있게 「삐!」 하고 울었다.

모두의 기대에 부응하기 위해서라도 강렬한 한 방이 필요하다고…… 로라는 그렇게 확신했다.

※

포장마차째 학교 부지로 옮겨가, 마법학과의 훈련장으로 갔다.

훈련장은 벽으로 둘러싸여 있지만 천장은 없다.

따라서 로라가 마법을 쏘더라도 천장이 무너질 염려는 없다.

"잘 보세요, 란 씨. 이게 제 실력이에요! 이얍!"

로라는 기합과 함께 불의 구체를 출현시켰다.

훈련장의 기온이 피부로 느껴질 만큼 뚜렷이 상승했다.

그리고 불의 구체를 하늘을 향해 발사했다.

자기 키의 약 두 배는 되는 불의 구체다.

분명 왕도 어디에서든 보일 것이다.

콰르르르르르!

불의 구체는 굉음과 함께 붉은 선을 그으며 구름 속으로 사라졌다.

"괴, 굉장하다해……. 몸이 작아도 마력은 크다해!"

"후후후. 봤죠?! 그리고 몸이 작다는 말은 필요 없어요."

로라는 가슴을 활짝 폈다.

그때, 에밀리아가 그곳으로 달려왔다.

"이 녀석들이! 또 너희들이지!"

"으아?! 에밀리아 선생님, 왜 화를 내시는 거예요? 하늘을 향해 마법을 쏘면 안 된다는 교칙은 없었잖아요!"

"교칙에 없어도 그런 큰 마법을 쏘면 다른 사람들이 놀라잖아!"

"하긴……. 죄송해요."

로라는 솔직히 머리 숙여 사죄했다. 그러자 머리 위에 앉아 있던 하쿠가 굴러 떨어져, 에밀리아가 손으로 낚아챘다.

"샬롯이랑 안나도 언니니까 로라가 이상한 짓을 하면 말려줘. 한통속이 돼서 사고 치면 곤란해!"

에밀리아 선생님의 꾸짖음에 샬롯은 난감한 표정을 지었다.

"그, 그렇게 말씀하셔도…… 그 정도 불덩어리가 안 된다니…… 그럼 반대로 뭐라면 괜찮은 거예요?!"

이번에는 에밀리아의 표정이 굳어졌다.

에밀리아는 비뚤어진 안경을 바로하면서 안나의 어깨를 두드렸다.

"……안나. 믿을 건 너뿐이야."

"노력은 하겠지만, 이 두 사람의 폭주를 막을 자신은 없어."

"……다치지 않는 범위 내에서 애써줘!"

"알았어."

안나는 교사의 기대를 업고 끄덕였다.

로라의 입장에서는 섭섭한 일이다.

마력이 살짝 과했던 것뿐인데.

"분명 왕도 사람들도 『아아, 또 모험가 학원인가』 하고 익숙해지기 시작했을 거예요."

"익숙해지면 안 되지! 이 학교에 이상한 이미지 씌우지 말아줘! 무서운 곳으로 오해받아서 내년부터 입학생이 줄면 어쩔 거야!"

듣고 보니 지당한 말이었다.

"에밀리아 씨. 안심하세요. 상식인인 미사키가 같이 있습니다. 그리고 지금은 란 씨도 함께입니다."

"그렇다해. 나는 어른이다해. 아이들은 맡겨달라해. 에밀리아 선생님도 주말 정도는 학생들은 잊고 푹 쉬어라해."

"……하지만 두 사람 다 로라가 불덩어리를 쏘는 걸 막지 않았잖아."

"그, 그건 어쩔 수가 없습니다. 상식인인 우리 두 사람에게 로라 에몬 씨를 막을 힘은 없습니다."

"그럼 안 되잖아."

에밀리아의 지적에 미사키와 란은 의기소침해졌다.

그리고 그 순간, 땅에 드리운 에밀리아의 그림자에서 흰 팔이 쑥 자라났다.

"꺄!"

흰 팔에 발목을 붙잡힌 에밀리아가 비명을 질렀다.

로라 일행도 흠칫했다.

설마 새로운 몬스터일까.

그렇게 생각하는데, 팔에 이어 대현자의 상반신이 나타났다.

"뭐야—. 학장님이었어요?"

차원 창고의 출구를 땅에 열어, 멀리 떨어진 장소에서 온 것이리라.

편리한 기술이다.

다음에 로라도 연습해서 지각할 것 같을 때 이용해보도록 하자.

완벽히 터득하면 집에도 눈 깜짝할 사이에 돌아갈 수 있을지도 모른다.

그러나 멀리 떨어진 장소에서 원하는 위치에 출구를 여는 것은 제법 어려울 것 같다.

"초원에서 낮잠을 자고 있었는데 방금 그 불덩어리 때문에 깼어. 로라, 주말의 왕도를 시끄럽게 해서는 안 돼."

대현자는 읏챠 하고 기어 나오면서 그런 말을 했다.

"죄송해요. 지금 에밀리아 선생님한테도 꾸지람을 들었어요."

"어머. 그럼 내 설교는 필요 없겠구나."

그렇게 말한 대현자는 로라의 머리를 부드럽게 쓰다듬었다.

"학장님. 교육에 힘쓰시는 건 좋지만 이상한 곳에서 나타나지 마세요."

"미안. 에밀리아 다리가 딱 잡기 쉬운 다리였거든."

"그건 어떤 다리인 거예요. 정말!"

"그런데 너희. 어떤 경위로 라멘 가게 포장마차를 이곳까지 끌고 와서 하늘에 불덩어리를 쏘게 된 거야?"

"그건 말이죠……."

로라는 지금까지의 경위를 대강 설명했다.

“흠. 포장마차째 사냥터로 들어가서 배고픈 모험가에게 라멘을 판다라……. 재미있을 것 같네.”

“그렇죠?! 그러니까 학장님도 도와주세요!”

“음……. 하지만 라멘 가게 일은 피곤하고 또 낮잠을 자던 중이야.”

깜짝 놀랄 만큼 시시한 이유로 거절했다.

역시 대현자.

일반인과는 뭔가가 다르다.

“학장님. 도와주시는 게 좋지 않을까요? 이 애들만 보내면 또 무슨 짓을 저지를지 몰라요.”

에밀리아가 걱정스레 말했다.

“괜찮을 것 같은데……. 정 그렇게 걱정되면 에밀리아가 도와주면 되잖아. 그래, 그렇게 하자.”

“네? 제가요? 하지만 전 음식점 일 같은 건, 앗. 학장님, 무슨 짓이세요!”

에밀리아의 뒤쪽으로 재빨리 파고든 대현자는 에밀리아의 어깨를 꽉 붙잡더니, 발밑에 차원 창고의 입구를 열어 그 너머로 사라져버렸다.

그로부터 몇 분 후.

돌아온 에밀리아는 차이나 드레스를 입고 있었다.

“우와. 에밀리아 선생님. 어울려요!”

"어른의 농익은 매력이 느껴집니다."

"자, 잠깐. 빤히 쳐다보지 마! 학장님. 왜 제가 이런 옷을 입어야 해요!"

"응? 그거야 그게 관정의 유니폼이니까. 가끔은 에밀리아도 이 애들이랑 놀면 좋잖아. 그럼 난 이만 낮잠을 자러 돌아갈게. 바이바이~."

그 말을 끝으로 대현자는 차원 창고 속으로 사라졌다.

남겨진 에밀리아는 얼굴을 붉히며 슬릿 사이로 드러난 허벅지를 필사적으로 감추려 했다.

그러나 헛수고다.

차이나 드레스의 슬릿은 그렇게 쉬운 게 아니다.

팬티가 보일락 말락 할 정도로 깊이가 깊다.

특히 에밀리아가 입은 것은 아주 깊다.

분명 대현자가 가위로 싹둑 잘랐을 거다.

"에밀리아 선생님. 그만 포기하고 라멘을 팔러 가요!"

"안경 아가씨가 가세해서 빈틈없는 포진이 됐다해. 이제 무적이다해."

"이, 이런 꼴로 사람들 앞에…… 시집 못 갈 거야!"

에밀리아는 눈물을 글썽였다.

그러나 샬롯과 미사키도 차이나 드레스다.

시집을 못 간다는 것은…… 아니, 모두 독신이다.

생각해보니 대현자도 독신이다.

어쩌면 차이나 드레스에는 결혼을 못 하게 되는 부작용이라도 있는 걸까.

로라는 하나로리라서 다행이야라며 가슴을 쓸어내렸다.

제4장 사냥터에서도 라멘을 팔아요

왕도에서 걸어서 두 시간 남짓 걸리는 깊은 숲 속.

그곳에서 모험가 파티와, 검고 거대한 몬스터가 싸우고 있었다.

파티의 이름은, 진홍의 방패.

이 근방에서는 이름이 알려진 일류 모험가 집단이다.

지금까지 토벌한 몬스터는 셀 수 없이 많았다.

그러나 그런 그들은 지금 전멸의 위기에 처해 있었다.

왜냐하면 상대 몬스터는 켈베로스.

집채만 한 크기를 자랑하는 머리가 셋 달린 검은 개다.

모험가 길드가 지정한 랭크는 A마이너스.

베헤모스와는 호각을 다툰다.

일찍이 진홍의 방패는 베헤모스를 상대로 고전을 면치 못하다가 자칭 비밀 결사 종이봉투라는 소녀들에게 도움을 받은 일이 있었다.

그래서 그 후로 다시 수행했다.

장비도 정비했다.

이제 질 일은 없었다.

그러나 부족했던 모양이다.

게다가 강한 인간과 약한 인간이 있듯이, 동종의 몬스터라도 개체마다 세기는 다르다.

그때 싸운 베헤모스도 평균보다 압도적으로 강한 개체였다. 이른바 변이종.

지금 눈앞에 있는 켈베로스도 필시 변이종이리라.

칼날도 마법도 튕겨냈다.

도망치려 해도 발이 너무 빨라 도망칠 수 없다.

다시 말해 절체절명.

리바이어던 때도 베헤모스 때도 운 좋게 구원의 손길이 나타났지만…… 이번만은 무리일지도 모른다.

진홍의 방패 전원이 체념한, 그때였다.

"라멘. 라멘 한 그릇 어떠세요? 사냥 후의 한 그릇은 란정의 모험가 라멘!"

소녀의 목소리였다. 그것도 익숙한 소녀의 목소리가 가까워졌다.

어떤 때는 파자마레인저, 어떤 때는 종이봉투, 그 실체는 모험가 학교의 여학생.

지금까지 여러 번 진홍의 방패를 위기에서 구해준 그 소녀들이 또 적절한 순간에 나타난 것이다.

그나저나 이번에는 규모가 크다.

언제나 같이 다니는 세 명뿐만 아니라 얼마 전부터 가세한 수인과 새끼 드래곤까지 있었다.

그리고 성인 여성 두 명에 의문의 포장마차까지 보였다.

저건 혹시 근래에 화제가 된 라멘 가게일까.

왕도에서 뭔가 드문 일이 발생하면 그 절반 정도는 저 소녀들이 관련되어 있을지도 모른다라고, 진홍의 방패는 생각했다.

※

로라 일행은 성문을 나선 순간, 포장마차를 끌어당기며 속도를 올렸다.

어쨌든 모험가 학교 교사에 최상위권의 학생 세 명, 그리고 수인인 것이다.

그 신체 능력은 야생동물보다 뛰어났다.

따라서 포장마차는 마차보다 빠르게 질주했다.

그러나 란만은 일반인이기에 로라들의 속도에 맞출 수 없었다.

그래서 포장마차의 지붕에 태워서 가기로 했다.

「너무 빠르다해애애!」라며 비명을 지르고 있지만, 이래 봬도 자제한 것이었다.

게다가 로라의 머리 위에 탄 하쿠는 이 속도에도 태연했다.

적응력과 근성만 있으면 버틸 수 있다.

그렇게 정신없이 숲을 질주하는데 누군가가 몬스터와 싸우는 낌새가 안쪽에서 느껴졌다.

"라멘. 라멘 한 그릇 어떠세요? 사냥 후의 한 그릇은 란정의 모험가 라멘!"

그렇게 외치며 돌진하자, 언제나 본 모험가 파티가 켈베로스와 싸우고 있었다.

분명 진홍의 방패라는 이름의 파티였다.

저번에 건달이 있는 곳을 알려준 친절한 사람들이다.

"잠정 고객이 위기에 처해 있어요. 에밀리아 선생님, 십만 볼트로요!"

"알았어! 응? 왜 로라가 지휘하는 거야!"

그렇게 말하면서도 에밀리아는 전격을 쐈다.

더욱이 샬롯이 거대한 얼음덩어리를 출현시켰다. 그리고 그것을 엄청난 속도로 휘둘러 켈베로스를 기절시켰다.

그 즉시 안나가 뛰쳐나가 검으로 상대의 아킬레스건을 갈랐다.

"자, 모험가 여러분! 켈베로스가 쓰러졌어요! 지금이 기회예요. 무찔러주세요! 그리고 라멘을 먹는 거예요!"

"으응!"

모험가들은 머뭇거리면서도 켈베로스의 머리를 집중 공격해 숨통을 끊었다.

"훌륭해요! 자, 피곤하시죠? 피로를 달래시려면 라멘을 드세요. 마늘과 채소, 비곗살 토핑은 무료예요!"

"……너희한테는 또 목숨을 빚졌어……. 이번이 세 번째인가. 정말로 고마워."

"네? 무슨 말씀이신지? 파자마레인저나 종이봉투 같은 걸로 착각하신 거 아닌가요?"

"그, 그런가……. 일단 정체를 숨겼었지……."

일단이 아니다.

어엿한 변장이었다.

무슨 이유에서인지 일부 사람들에게 정체가 탄로 났지만, 그건 분위기를 읽고 모르는 척해줬으면 한다.

"아무튼 덕분에 살았어."

"천만에요. 저번에 저희한테도 건달들이 있는 곳을 알려주셨잖아요? 상부상조예요. 그런 것보다, 라멘을 드세요!"

"알았어. 먹을게. 그런데 단지 라멘을 팔려고 이런 곳까지 온 거야……?"

"네!"

로라가 씩씩하게 대답하자 진홍의 방패는 깜짝 놀란 표정을 지었다.

분명 로라 일행의 참신한 장사법에 감탄한 것이리라.

"카운터석이 부족해서 죄송하다해. 근처에 있는 바위를 의자 대신 해달라해."

란은 라멘을 삶으면서 말했다.

그리고 로라 일행이 완성된 모험가 라멘을 쟁반에 담아 그들에게 가져다 줬다.

"이야. 이게 소문으로 듣던 라멘이군. 양도 굉장하고 정말 맛있겠어. 그나저나 아까부터 궁금했는데 말이야…… 당신 혹시, 에밀리아 아클랜드 아냐……?"

모험가 중 한 명이 에밀리아에게 시선을 줬다.

그러자 에밀리아는 빨개지더니 차이나 드레스를 손으로 눌렀다.

그러나 그래봤자 허벅지는 가려지지 않았다.

"에밀리아 선생님은 유명인이네요!"

"역시 A 랭크 모험가예요!"

"혼자서 드래곤을 무찔렀다는 이야기는 나도 들은 적이 있어."

세 학생의 찬사에도 에밀리아는 별로 기뻐하는 기색이 없었다.

"이야. 역시 에밀리아였어? 나, 당신 팬이야!"

"나, 나도!"

진홍의 방패 남성 멤버가 거친 콧김을 내뿜었다.

그 모습을, 여성 멤버가 싸늘한 시선으로 바라봤다.

주목을 받은 에밀리아는 눈물을 글썽이며 포장마차 뒤쪽으로 숨어버렸다.

"에밀리아 선생님. 의외로 부끄럼을 타시네요."

"그거야, 저 사람들이 다리만 쳐다보잖아!"

"""""캬~. A랭크 각선미야!"""""

그렇게 외치는 남성 모험가들을 여성 모험가들이 뒤에서 두들겨 팼다.

"놀지 말고 라멘을 먹어달라해. 면이 분다해."

이렇게 돌격 라멘 행상 작전은 순조로운 시작을 보였다.

진홍의 방패에게 음식 값을 받고, 다음 사냥터로 향했다.

그리고 그 도중—.

"아. 그런데 너희들. 아까 켈베로스를 공격했지? C랭크 이상 몬스터와 싸우는 건 교칙 위반이야."

"네에?! 이제 와서 그런 말씀을 하시는 거예요?!"

그런 연유로 다음부터는 에밀리아 혼자서 몬스터를 쓰러뜨려야 했다.

로라는 마력을 탐지하고, 모험가를 찾는 일에만 전념했다.

※

란정의 포장마차가 사냥터에서 라멘을 마구 판 탓에 모험가들은 배가 가득 찬 상태로 왕도로 돌아왔다.

덕분에 약초 파스타의 매상은 급격히 줄었다.

란정을 망하게 하기 위해 채산을 무시한 장사를 해왔는데 이래서는 의미가 없었다.

레디온 파스타의 사장은 직접 길드 앞 포장마차에서 점장으로 일하고 있었다.

그만큼 란정을 위험하다고 판단한 것이다.

그리고 사장의 작전은 순조롭게 진행됐다.

그러나 그것이 요즘 들어 무너져버렸다.

"사장님, 이제 무리예요……. 약초 파스타는 팔면 팔수록 손해라고요……. 란정이 길드 앞에서 사라진 만큼 계속하는 건 헛수고예요."

알바생의 말도 맞았다.

그러나 란정은 무슨 수를 써서든 망하게 해야 했다.

라멘은 언젠가 왕도에 하나의 문화로 뿌리내리고 말 거다.

그렇게 되기 전에 쓰러뜨려야 한다.

경쟁자는 적을수록 좋은 게 당연하다.

레디온 파스타는 그런 식으로 살아남아, 이 나라에서 가장 유명한 파스타 체인점이 됐다.

"무슨 좋은 수가…… 그래! 그쪽이 사냥터로 도망친다면 우리도 사냥터까지 쫓아가면 그만이잖아! 경호를 해줄 모험가를 고용해서 우리도 사냥터에서 파스타를 팔자고!"

"진심이십니까……. 그런 일은 위험수당을 받지 않으면 수지가 안 맞아요."

"아! 줄게, 줄게! 그러니까 가자고!"

사장은 그렇게 말하면서 머릿속으로 다른 작전도 세웠다.

단순히 사냥터에 들어가는 것만으로는 부족하다.

상대의 움직임을 막을 계책도 필요하다.

란정의 주력 상품인 『모험가 라멘』은 푸짐한 채소와 마늘 외에 차슈도 들어 있다.

농가는 수없이 많지만 양돈장이라면 한정된다.

그곳을 장악하면 란정은 돼지고기를 구할 수 없다.

다시 말해, 불완전한 모험가 라멘밖에 팔 수 없다―.

※

왕도의 시장에서 돼지가 사라졌다.

정육점이 말하길, 양돈장에서 누군가가 몽땅 사갔다는 모양이다.

"차슈를 만들 수 없다해……."

방과 후.

란정에 갔더니 란이 울상이 되어 투덜거리고 있었다.

"차슈가 없어도 라멘은 충분히 맛있어."

"그래요. 너무 걱정할 거 없어요."

안나와 샬롯이 란을 위로했다.

그러나 란은 고개를 가로저었다.

"안 된다해. 일반 라멘은 몰라도 모험가 라멘에는 차슈가 반드시 필요하다해……."

"으음……. 대체 누가 돼지고기를 몽땅 사들였을까요?"

로라가 묻자, 란이 중얼거렸다.

"이건 어디까지나 소문인데……. 레디온 파스타인 모양이다해."

"네? 그 파스타 집……? 그럼, 단지 란정의 장사를 방해하려고 돼지고기를 몽땅 사들였다는 거예요?!"

"그렇게 생각할 수밖에 없다해. 요리로 대결하는 거면 몰라도, 이런 방식으로 지는 건 억울하다해."

"물론이에요! 어떻게 돼지고기를 구할 방법이 없을까요?"

"어디에 야생 돼지 같은 건 없습니까? 그 녀석을 잡아서 그 자리에서 차슈로 만들어버리는 겁니다."

미사키가 그렇게 제안했다.

"멧돼지라면 몰라도 야생 돼지 같은 게 있었나?"

"……일반적인 돼지가 아니라 몬스터 돼지라면 있어. 게다가 그 녀석은 일반적인 돼지보다, 훨씬 맛있어."

안나가 로라의 의문에 답했다.

"우와! 그럼 다음 주말에는 그 녀석을 잡으러 가요!"

"돼지고기가 시장에서 사라졌다는 건, 몬스터 돼지가 잡히는 곳에 모험가가 모인다는 거예요. 돼지고기를 구하고 라멘을 판다. 일석이조예요!"

이렇게 해서, 다시 주말에 모여 포장마차째 사냥터로 뛰어들게 됐다.

그러나 에밀리아는 같이 가자고 했는데도 오지 않았다.

차이나 드레스가 너무 부끄러워서 무리인 모양이다.

대현자도 수면실에서 흠냐흠냐 게으르게 잠을 자고 있었다. 어른들은 믿을 게 못 된다.

할 수 없이 로라와 친구들만 몬스터 돼지를 잡아야 했다.

몬스터 돼지의 정식 명칭은 자이언트 블랙 피그.

이름 그대로 거대하고 검은 돼지다.

C랭크로 지정된 나름대로 강력한 몬스터다.

C랭크 이상 몬스터와 싸우는 것은 교칙 위반이지만…… 오늘

은 선생님이 없으니 문제없다.

모험가 길드에서 접수원 아가씨에게 물었더니, 자이언트 블랙 피그는 초원에서 떼를 지어 산다고 알려주었다.

더욱이 돼지고기 가격이 치솟아서 모험가들이 그 초원에 모여 있다는 정보도 알려주었다.

로라 일행은 힘차게 포장마차를 끌어당기며 자이언트 블랙 피그가 있다는 초원으로 달려갔다.

"와아! 바로 몬스터 돼지를 찾았어요! 크네요!"

초원에 도착하자, 저 멀리 마차만한 검은 돼지가 다섯 마리나 뛰어다니고 있었다.

아니다. 뛰어다닌다기보다, 모험가들을 쫓아다니고 있었다.

지금이라면 고기를 비싸게 팔 수 있다는 걸 알고, 가벼운 마음으로 신출내기들이 모인 거다.

스무 명 남짓한 모험가들이 소리를 지르며 도망쳤다.

그리고 이상하게도, 모험가들 틈에 섞여 파스타 가게의 포장마차도 도망 다니고 있었다.

"파, 파스타 가게가 왜……?"

로라는 고개를 갸웃했다.

"우리를 따라 사냥터에서 파스타를 팔려는 건지도 모른다해."

"하지만 저래서는 파스타를 삶지도 못할 거예요."

"한가하게 보고 있을 때가 아니야. 빨리 구해야 해."

"로라에몬 씨. 샬롯 씨. 안나 씨. 해치우는 겁니다!"

※

레디온 파스타가 돼지고기를 몽땅 사들인 바람에, 돼지고기의 시장 가격이 치솟았다.

그래서 모험가는 일확천금을 노리고 자이언트 블랙 피그의 서식지로 몰려들었다.

사장이 이끄는 포장마차는 그 모험가들에게 약초 파스타를 팔기 위해 여기까지 왔다.

모험가 경호원은 다섯 명이나 고용했다.

그러나 사장이 예상했던 것 이상으로 자이언트 블랙 피그는 거대하고, 또 숫자가 많았다.

지금 사장은 고용한 경호원들과 다른 모험가들과 함께, 뒤쫓아오는 거대한 돼지들로부터 도망치고 있다.

"어, 어이, 도망만 치지 말고 싸워! 그러고도 네놈들이 모험가냐!"

사장은 버럭 호통 쳤지만 누구도 싸울 기미가 없었다.

"말이 되는 소리를 해! 저렇게 거대할 줄은 몰랐다고!"

경호원들 중 한 명이 한심한 소리를 했다.

"자이언트 블랙 피그는 C랭크야. 너희도 C랭크고. 싸울 수 있어!"

"C랭크라고 묶어서 말해도 D랭크에서 막 올라온 녀석하고, 조만간 B랭크로 올라갈 것 같은 녀석까지 다양하다고! 그리고 우린 D에서 막 올라온 쪽이다!"

"그걸 자랑이라고 말해!"

모험가 길드가 지독한 녀석들을 소개해줬다.

나중에 단단히 따져주마.

그러나 그것은 살아서 돌아갔을 때의 일이다.

그렇다. 자칫 잘못하면, 아니, 이대로라면 죽고 만다.

어쩌다가 이 지경이 돼버렸을까.

얌전히 왕도에서 파스타를 팔았으면 됐을 것을, 우쭐해서 란정을 흉내 냈기 때문일까.

아니면 돼지고기를 몽땅 사들이는 비열한 짓을 해서 천벌을 받은 걸까.

"이렇게 된 이상, 각자 다른 방향으로 도망치는 게 나아! 그게 그나마 살 확률이 높아!"

사장은 괴로운 나머지 소리쳤다.

그 외침대로 모두가 뿔뿔이 흩어져 도망쳤다.

그러나 어찌된 영문인지 자이언트 블랙 피그 다섯 마리는 일제히 파스타 가게의 포장마차를 쫓아왔다.

"왜, 왜냐고!"

"사장님. 혹시 이 포장마차에 있는 음식을 노리는 거 아닐까요……?"

함께 포장마차를 끌어당기던 알바생이 가능성을 제기했다.

그 순간, 주위에 있던 경호원들이 뿔뿔이 흩어졌다.

그런데도 돼지들은 그쪽에는 눈길도 주지 않고 오로지 포장마차만 쫓아왔다.

"으아아, 역시! 사장님. 이 포장마차를 버려요!"

"그, 그래……! 젠장. 비싼 약초가 아직 남았는데!"

아무리 약초가 귀하다 해도 목숨과는 바꿀 수 없다.

사장과 알바생은 포장마차를 버리기로 했다.

그러나, 한 발 늦었다.

자이언트 블랙 피그가 앞발로 포장마차를 뻥 찼다.

덩달아 사장과 알바생도 허공으로 날아갔다.

초원 위를 데굴데굴 구르는데, 같이 날아온 파스타와 약초가 후드득 떨어졌다.

"자, 잡아먹힌다!"

"사, 사람 살려……!"

사장과 알바생이 외친 순간.

"""흐아아아아압!"""

그런 외침과 함께 세 명의 소녀가 나타났다.

가장 작은 소녀가 거대한 흙의 소환수를 불러내, 자이언트 블랙 피그를 짓뭉갰다.

그 후 금발의 소녀가 강력한 공격 마법으로 돼지를 까맣게 불태웠다.

이어서 붉은 머리칼의 소녀가 거대한 검으로 불에 탄 돼지들을 베었다.

흰 새끼 드래곤도 입에서 삐이이이 하고 광선을 뿜어내 돼지고기를 통째로 썰어버렸다.

눈 깜짝할 사이에 자이언트 블랙 피그 떼는 전멸했다.

"너, 너희들은 란정의 직원……!"

사장은 떨리는 목소리로 중얼거렸다.

"파스타 가게 분. 괜찮아요?"

"하마터면 큰일 날 뻔했어요."

"살아 있어서 다행이야. 다행이야."

"삐—."

소녀들은 이쪽이 무사해서 기쁜 모양이었다.

더욱이 란정의 포장마차도 나타났다.

"모두들, 역시 최고입니다! 하쿠 님도 멋진 광선이었습니다!"

"파스타 가게 분은 포장마차가 망가져버려서 유감이다해. 하지만 살아 있으면 얼마든지 다시 시작할 수 있다해. 기운 내라해."

란정의 주인으로 짐작되는 여성의 말에 사장은 경악했다.

레디온 파스타에게 란정이 눈엣가시였듯이 란정에게도 레디온 파스타는 성가신 존재였을 터다.

바로 맞은편에 가게를 열고 부당한 가격으로 손님을 빼앗아갔으니 말이다.

더구나 돼지고기를 몽땅 사들인 것이 레디온 파스타라는 사실은 눈치챘을 것이다.

그런데도 목숨을 구해줬다.

"왜, 왜지? 나는 란정을 망하게 하려고 했어. 그대로 내버려뒀으면 우린 돼지한테 잡아먹혔겠지. 경쟁자를 제거하고 편하게 장사할 수 있는 기회였을 텐데!"

"그건 그거, 이건 이거다해. 라멘과 파스타. 어느 쪽이 손님의 혀를 감동시킬지 정정당당히 겨루는 거다해."

란정의 주인은 자못 당연하다는 듯이 말했다.

믿을 수 없다.

돼지고기 사재기 작전 따위에 당하면, 그 모략자의 목을 조르고 싶을 거다.

그런데도 이 여성은 「그건 그거, 이건 이거」라고 정리해버렸다.

옆에 있던 소녀들도 점주의 발언에 의문을 품은 기색이 없다.

"……부끄러워. 내 가게 파스타가 팔리면 그만이라고 생각했었어……. 용서해줘."

"용서한다해. 하지만 이제 돼지고기를 몽땅 사들이는 짓을 하지 말아달라해."

"안 해. 앞으로는 정정당당히 맛으로 승부할게!"

"마음이 놓인다해. 다 같이 왕도를 부흥시켜 나가자해."

다 같이 부흥시킨다.

사장은 생각하지 못했던 발상이다.

그러나 왕도 자체가 부흥하면 인구가 늘어난다.

다시 말해 손님이 늘어난다.

"……난 눈앞의 이익에만 사로잡혀 작은 것밖에 볼 줄 모르는 사람이 됐었던 모양이야……. 란정의 젊은 주인. 당신은 훌륭한 경영자야."

"부끄럽다해. 난 그저 모두가 라멘을 먹어주길 바라는 것뿐이다해."

"그래……. 나도 옛날에는 모두가 파스타를 먹어주길 바라는 마음뿐이었지……. 그걸 잊고 있었어. 그래, 우리한테도 라멘을 만들어주지 않겠나?"

"알았다해. 지금, 돼지고기를 가지고 올 테니 기다려달라해."

그때, 소녀들이 돼지고기 조각을 들고 달려왔다.

"이미 잘라뒀어요!"

"차슈가 아니라 그냥 돼지구이지만."

"꽤 맛있어요!"

"삐이."

이미 먹어본 모양이다.

"이건 이것대로 라멘에 어울리겠다해. 바로 만들겠다해."

그리고 사장과 알바생 앞에 모험가 라멘이 나왔다.

사실 지금까지 라멘을 먹어본 적이 없었다.

단순히 손님 수만으로 위협적이라고 단정 지었었다.

그러나 이렇게 실제로 먹어보니—.

"맛있어……!"

생각보다 더욱 위협적이었다.

만약 미리 먹어봤다면 좀 더 지독하게 공격했을 것이다.

그러나 이제 란정을 무너뜨릴 생각은 없었다.

"란정 주인. 다음엔 우리 집 파스타를 먹으러 와. 이 라멘에 뒤지지 않는 파스타를 만들어주겠네."

"그거 기대된다해. 맛있는 건 뭐든 환영이다해."

마침내 조금 전에 도망쳤던 모험가들이 돌아왔다.

사장과 알바생을 버리고 도망친 걸 후회하고 돌아온 모양이다.

그들은 사장과 알바생이 무사한 것을 확인하고 안도로 가슴을 쓸어내렸다.

평소의 사장이라면 그들을 절대로 용서하지 않았다.

그러나 지금은 무척 평온한 기분이었다.

"손님이 많이 왔다해. 모험가 라멘, 어떠시냐해?"

그리고 푸른 하늘 아래, 모두가 모험가 라멘을 주문했다.

제5장 흡혈귀 소동이 일어났어요

영원한 생명.

어느 시대건 그것을 바라는 자는 수없이 많다.

그러나 불가능한 꿈이다.

신수조차 수명이 있다.

대현자도 오랫동안 살고 있지만 역시 영원히 사는 것은 아니다.

그러나, 그럼에도 불구하고.

영원히 살고 싶은 소망은 멈출 수 없다.

그녀에게 인생은 그 정도로 즐거운 것이었다.

가족들에게 둘러싸인 삶은 행복했다.

영원히 지금 이 순간이 계속되기를 바랐다.

그래서 불로불사의 꿈을, 고대 문명의 유적에 걸었다.

지금보다 훨씬 진보된 기술을 가진 문명이다.

그들이 만든 몬스터는 지금도 사나운 위세를 떨치고 있었다.

모험가들이 아무리 죽여도, 그 숫자는 전혀 줄어들지 않았다.

믿을 수 없는 생명력.

그런 몬스터를 만든 고대 문명의 유적이라면 영원한 생명의 힌트 정도는 가지고 있을지 모른다.

아니, 가지고 있을 거다.

그런 가느다란 희망에 기대어, 그녀는 여러 유적을 탐색했다.

비로소, 어느 유적의 깊숙한 곳에서, 마침내—.

※

점심시간.

로라는 평소처럼 샬롯, 안나와 함께 학교 식당에서 오믈렛을 오물오물 먹었다.

한동안 라멘과 바람을 피웠지만 역시 로라의 원점은 오믈렛이다.

란정은 고정 고객을 확실히 확보한 덕분에 더는 길드 앞에서 포장마차 영업을 하지 않아도 됐다.

그래서 로라 일행의 주말 알바도 일단락됐다. 앞으로는 손님으로서 응원할 것이다.

"건더기나 소스로 무한히 달라지는 맛! 매일 먹어도 질리지 않아요. 하쿠도 그렇게 생각하죠?"

"삐—."

테이블 위에 앉아 마찬가지로 오믈렛을 먹고 있던 하쿠도 신 나게 끄덕였다.

신수가 인정한 이상, 『오믈렛은 굉장해』라는 말은 이미 세상의 진리라고 해도 무방하다.

어쨌든 신수는 신이므로 신이 말한 것이다. 거스르는 일은 용납되지 않는다.

"그러니까 샬롯이랑 안나도 내일부터는 오믈렛을 먹어요."

"가끔이라면 괜찮지만 매일은 싫어요."

"분명 질릴 거야. 로라가 어떻게 매일 오믈렛만 먹는지 이해하기 어려워."

"아아…… 이렇게 맛있는데……. 그리고 매일이 아니라니까요! 일주일에 한 번 정도는 오믈렛을 먹지 않는 날도 있어요!"

오믈렛만 먹으면 영양이 치우쳐서 크지 않는다고 충고를 받는 일이 많아서, 오믈렛 금지일을 의식적으로 지정해뒀다.

하루 꼬박 오믈렛을 먹지 않으면 손이 떨려오지만 크기 위해서는 어쩔 수 없다.

"로라의 오믈렛 의존증은 이미 고치기 힘들 것 같으니 됐다 치고, 그보다 두 사람. 그 소문 들었어요?"

"그 소문이라면…… 혹시, 흡혈귀 소문 말이에요?"

로라는 그렇게 대답하고는, 케첩이 듬뿍 묻은 오믈렛을 입에 넣었다.

"그래요. 흡혈귀가 왕도에 나타났대요!"

3
2
20
1

샬롯이 흥분해서 외쳤다.

“전사학과에도 소문이 돌았어. 밤에 돌아다니면 흡혈귀한테 습격당한다고.”

“흡혈귀는 소설 속에서만 나오는 건 줄 알았어요. 실제로 존재했었군요.”

“반드시 밤길을 걷다가 흡혈귀를 퇴치하고 싶어요!”

“하지만 어디까지나 소문이야. 그냥 어떤 사건에 살이 붙은 거 아닐까.”

“안나는 낭만이 없어요!”

“맞아요. 흡혈귀를 만나보고 싶어요!”

“그런가.”

안나는 고개를 갸웃했다.

아무래도 흡혈귀에게 낭만을 느끼지 않는 유형의 인간인 모양이다.

그나저나 흡혈귀가 이 왕도에 나타난다니, 굉장하다.

인간의 피를 빨아먹는 불로불사의 괴물, 흡혈귀.

햇빛을 쬐면 약해져서 낮에는 어두컴컴한 곳에 숨어 지낸다고 한다.

그러나 밤이 되면 무적이나 다름없다.

박쥐 같은 날개로 하늘을 날고, 무시무시한 괴력을 자랑하고,

갈기갈기 찢어져도 다시 살아난다.

그러나 진짜 무서운 것은 흡혈귀에게 물린 자가 흡혈귀로 변한다는 사실이다.

"물기만 해도 동료들을 늘릴 수 있다니 굉장해요. 눈 깜짝할 사이에 왕도를 집어삼킬 거예요. 빨리 쓰러뜨려야 해요!"

"하지만 그렇게 간단히 늘어나는 거면, 이미 진즉에 흡혈귀 세상이 됐을 것 같은데?"

안나가 자기 샐러드에 포크를 찌르면서 말했다.

"그건…… 그래요! 분명 흡혈귀도 경쟁자가 늘어나면 곤란하니까 참고 있는 거예요!"

"호오. 그런데 로라. 입가에 케첩 묻었어. 꼭 피를 빨아먹은 것 같아."

"어머. 흡혈귀의 정체는 로라였군요! 이건 벌을 줘야겠어요."

"꺄앗! 옆구리 간지럽히지 마세요!"

그러는 사이에 점심시간이 끝나갔다.

세 사람은 서둘러 밥을 먹고 저마다 교실로 향했다.

그리고 오후 수업 시간에 흡혈귀에 대해서 생각했다.

흡혈귀는 소설 속 세계에서는 익숙한 존재다.

악역으로 등장시키기 쉽다.

반대로 주인공이 어느 날 흡혈귀로 변해버리는 소설도 있다.

그러나 소설은 소설이다.

흡혈귀가 『실재』한다는 증거는 현재까지, 없다.

어디까지나 도시 전설.

분명 이번에도 소문은 소문으로 그치리라.

그럼에도 다 같이 꺄꺄거리는 것이 즐겁다.

오늘 밤은 기숙사를 몰래 빠져나가 흡혈귀를 찾을 것이다.

미사키도 부르자.

그렇게 로라는 태평하게 생각했는데—.

※

"다들, 흡혈귀 소문 들었어? 직원회의에서 결정된 건데, 당분간 야간 외출은 금지야. 밤 일곱 시 이후로는 학교 밖으로 나가면 안 돼."

오후 수업이 끝난 후, 에밀리아가 그런 말을 했다.

"에밀리아 선생님. 소문만으로 외출 금지라니 너무해요~. 흡혈귀는 아홉 살인 저도 믿지 않는다고요……."

로라가 불평하자 다른 학생들도 끄덕였다.

그러나 샬롯만 깜짝 놀란 표정을 지었다.

"네? 로라, 흡혈귀를 믿지 않는 거예요?! 아까 식당에서 얘기해 놓고…… 난 흡혈귀가 실제로 있다고 믿어요!"

아무래도 이 사람은 진심으로 믿었던 모양이다.

"물론, 소문만이라면 외출을 금지하진 않아. 하지만 실제로 피해자가 여러 명 발생했어. 목에 물린 듯한 상처가 있고 온몸의 피가 빠져나간 사람이 지난 보름 동안 다섯 명이나."

에밀리아는 놀라운 사실을 알렸다.

그저 도시 전설이라고만 생각했는데, 실제로 피해자가 나왔다니.

"네에?! 그럼 정말 흡혈귀가!"

"다섯 명이나…… 용서할 수 없어요! 왕도의 평화를 위협하는 흡혈귀는 이 샬롯 가자드가 처단해주겠어요!"

"글쎄. 흡혈귀를 모방한 범죄는 옛날부터 많이 있어왔으니까……. 게다가 피를 빨린 사람은 흡혈귀로 변하지 않았고. 하지만…… 피해자가 다섯 명이나 나올 동안 범인을 찾지 못한 걸 보면 보통 일은 아니야."

확실히 온몸의 피가 뽑히는 것은 상당히 큰일이다.

그런 짓을 다섯 번이나 저질렀는데 아직 잡히지 않았다.

어쩌면 이번만은 소문으로 끝나지 않을지도 모른다.

"어쨌든 그런 거니까 밤에는 얌전히 지내. 특히 로라, 샬롯. 어차피 또 안나랑 미사키를 꾀어내서 흡혈귀 수색 같은 걸 하려고 했지?"

정확했다. 오늘 밤에는 반드시 나갈 작정이었다.

그러나 외출 금지라면 어쩔 수 없다.

에밀리아에게는 항상 폐를 끼치고 있으니 이번에는 얌전히 말을 듣기로, 로라는 맹세했다.

"흡혈귀 수색 대신 도서실에서 흡혈귀물 소설을 빌려 읽을게요."

그렇게 말하자, 에밀리아는 무척 만족스러운 표정을 지었다.

그러나 로라의 계획은 실패로 돌아갔다.

흡혈귀 소동 탓에 도서실에 있던 흡혈귀 관련 책은 모두 대출 중이었던 것이다.

실망한 로라는 방으로 돌아와 샬롯의 포옹 베개가 되었다.

심통이 난 포옹 베개다.

※

밤에는 외출 금지지만 낮이라면 문제없다.

주말. 언제나의 네 명과 한 마리가 란정에 점심을 먹으러 갔다.

"오늘은 모험가 라멘 말고 일반 라멘으로 할래요."

"하긴 모험도 하지 않는데 모험가 라멘을 먹으면 살이 찔 거예요."

"저는 먹어도 살이 찌지 않으니 모험가 라멘으로 먹겠습니다!"

"질투나……."

그런 대화를 하면서 란정에 갔더니, 가게 앞에 작은 소녀가 서 있었다.

아름답고 가지런한 용모에 긴 흑발.

그것과 대조적인 흠칫할 정도로 흰 피부.

그리고 피처럼 붉은 눈동자.

그 소녀를 본 로라 일행은 순간 얼어붙고 말았다.

아무리 봐도 소설 속에 나오는 흡혈귀의 이미지와 겹쳤다.

"호, 혹시 저게 소문의 흡혈귀인 것입니까……?!"

"하지만 다섯 명이나 습격한 흡혈귀가, 백주대낮에 당당히 라멘 가게 앞에 있는 건 이상해요."

"일단 말을 걸어보는 게 어때? 계속 가게 안을 들여다보는 게 수상하기도 하고."

"저런 귀여운 애는 나한테 맡기세요!"

"샬롯. 포옹 베개로 삼는 건 안 돼요."

"그런 짓은 안 해요!"

샬롯은 섭섭하다는 듯이 말했다.

그러나 진심일까?

평소의 행실 탓에 그다지 설득력이 없다.

"제 생각에 지금은 로라에몬 씨가 적임자입니다! 또래이니 상대도 경계하지 않을 겁니다!"

"오호라. 그럼 제가 갈게요!"

로라는 자박자박 소녀에게 다가가 말을 걸었다.

"저기……. 아까부터 가게 안을 보던데, 무슨 일이라도 있나요?"

그러자 소녀는 로라에게로 시선을 옮겼다.

이렇게 새삼 정면에서 보니, 정말이지 말문이 턱 막힐 정도로 아름다웠다.

눈은 왕방울만 하고 속눈썹은 기다랗게 뻗고 머리카락은 찰랑거렸다.

게다가 로라보다 이마 하나만큼 키가 작았다.

샬롯이 아니더라도 데리고 가고 싶어졌다.

"이 가게에서, 맛있는 냄새가 나서……."

소녀는 방울이 울리는 듯한 목소리로 로라의 물음에 답했다.

"확실히 자기도 모르게 가게로 들어가고 싶어지는 냄새죠! 그럼, 우리랑 같이 먹을래요?"

"하지만 돈이 없어……."

소녀는 처량하게 중얼거렸다.

그렇군. 돈이 없으면 가게에는 들어갈 수 없다.

그래서 아까부터 이곳에 서 있었던 걸까.

"부모님은 어디에 계세요?"

로라의 물음에 소녀는 말없이 고개를 가로저었다.

혹시 길을 잃은 걸까.

그렇다면 부모님을 찾아줘야 한다.

하지만 로라 일행이 우왕좌왕하는 것보다 어른한테 말하는 것이 나을지도 모른다.

그렇게 로라가 고민하는데, 소녀의 배에서 꼬르륵 소리가 났다.

"아."

소녀는 창피한 듯이 고개를 숙였다.

부모님을 찾기 전에 일단 밥부터 먹여야지.

"후후후. 그런 거라면 내가 사줄게요!"

조금 떨어진 곳에서 지켜보던 샬롯이 당당하게 다가왔다.

"앗…… 하지만……."

소녀는 망설임을 내비쳤다.

"사양할 거 없어요! 단순히 내가 당신이랑 같이 밥을 먹고 싶은 것뿐이니까요!"

그렇게 말한 샬롯은 소녀의 손을 잡고 란정으로 들어갔다.

나머지 일행도 황급히 그 뒤를 쫓았다.

점심시간인 만큼 가게 안은 손님들로 북적였다.

그러나 위치가 나쁜 데다 한때의 열광도 사그라들기 시작해 주인인 란 혼자서도 감당할 수 있을 정도였다.

빈 자리도 하나 있었다.

“어서와라해! 어머, 너희들이구나해. 그 검은 머리 애는 누구냐해?”

“가게 앞에 있었는데 배가 고픈 것 같아서 라멘을 사주기로 했어요.”

“음? 길을 잃은 거냐해?”

란은 웅크리고 앉아 소녀와 시선을 맞추었다.

“……아니야. 난 니나. 혼자서 여행을 하고 있어. 이래 봬도 열여덟 살이고.”

“이름을 제대로 말할 줄 알고, 기특하다해. 하지만 열여덟 살이라는 농담은 지나치다해.”

“농담 아닌데……. 뭐, 믿어줄 거라고 생각하지도 않았어.”

어리면서 상당히 어른스러운 말투다.

어른인 척하고 싶은 나이일지도 모른다.

로라도 얼마 전에 어른 흉내를 내서 어려운 소설에 도전했다가 세 페이지만 읽고 도서관에 반납한 적이 있어서 잘 안다.

“잘 모르겠지만, 일단 모두 라멘이면 되냐해?”

란이 그렇게 말하자, 미사키만 다른 걸 주문했다.

“저는 모험가 라멘, 채소 사리 곱빼기로 먹겠습니다!”

“미사키는 대식가다해.”

"그만큼 란정이 맛있는 것입니다!"

"칭찬이 능숙하다해. 부끄럽다해."

그렇게 해서 미사키만 모험가 라멘을 주문했다.

그 외에는 일반 라멘을 주문했다.

"……꽤 여러 곳을 돌아다녔지만 라멘 같은 건 처음 들어 봤어. 못 보던 막대기를 써서 먹고."

니나는 다른 손님이 라멘을 먹는 모습을 보며 말했다.

"저건 젓가락이라는 물건이에요. 처음에는 어렵지만 익숙해지면 편리해요."

로라는 젓가락을 잡고 탁탁 움직이는 시범을 보였다.

"흠……."

무미건조한 반응이었지만, 니나는 흥미진진하게 젓가락을 바라봤다.

그런 니나를 샬롯이 「아아아아, 귀여워요!」라면서 황홀한 표정으로 쓰다듬었다.

완전히 수상한 사람이다.

니나는 싫은 얼굴을 했지만 라멘을 얻어먹는 입장이라서인지 항의하지 않고 잠자코 있었다.

"샬롯. 니나가 싫어하고 있어요. 그러지 마세요."

"그, 그렇게 말해도……. 이 새침한 느낌이 로라하고는 또 달라서…… 귀여워요!"

"니나 씨. 싫으면 저항하는 게 좋습니다. 고작 라멘 한 그릇에 그렇게까지 서비스를 할 필요는 없는 것입니다."

"……딱히 싫지 않으니까."

니나는 여전히 새침한 표정으로 중얼거렸다.

"샬롯은 쓰다듬기 선수니까요. 이해해요."

로라도 매일 밤 샬롯의 품에 안겨 샬롯의 손길을 받았다.

그게 기분이 좋아서 푹 잠들 수 있는 것이다.

"저기…… 아까부터 궁금했는데 말이야…… 당신은 수인이야?"

니나는 미사키를 바라보며 중얼거렸다.

"그렇습니다. 이 귀는 진짜입니다."

미사키는 여우 귀를 실룩거려 보였다.

"수인이 인간과 같이 살다니, 굉장해. 왕도는 상당히 진보한 곳이네……. 지금까지 몰랐어."

"아직까지는 드문 일입니다. 하지만 언젠가는 평범한 일이 될 것입니다. 미사키가 유행의 최첨단인 것입니다."

그렇게 말한 미사키는 꼬리를 실룩거려 보였다.

"미사키라고 하는구나. 외웠어."

"아, 그러고 보니 아직 자기소개도 하지 않았네요! 나는 로라 에드몬즈예요!"

© 2017 Riichu
……

"난 샬롯 가자드예요."

"난 안나 아네트."

"미사키입니다!"

인간과 수인의 자기소개가 끝난 후, 로라는 머리 위에 앉아 있던 신수를 테이블 위에 내려놓았다.

"그리고 이 아이는 하쿠예요."

"삐이!"

하쿠는 날개를 푸드득 펼치며 자기주장을 했다.

그러자 예상대로 니나가 눈을 동그랗게 떴다.

"움직였어! 진짜 드래곤인 거야?! 모양이 특이한 모자인 줄 알았어……."

"후후후. 하쿠를 보여주면 다들 깜짝 놀라서 재미있어요."

"삐—."

하쿠도 어쩐지 즐거워 보인다.

"로라에몬 씨. 하쿠 님을 장난의 도구로 삼아서는 안 됩니다."

"장난이 아니에요. 그냥 심심풀이예요."

"표현을 바꾼 것뿐입니다."

그런 로라와 미사키의 대화를 들으며, 니나는 킥 하고 웃었다.

그 모습이 너무나도 사랑스러워서 로라 일행은 넋을 잃고 말았다.

"왜, 왜 그래……? 내 얼굴에 뭐라도 묻었어?"

“아뇨, 아뇨! 귀엽다고 생각한 것뿐이에요.”

“라멘 백 그릇 분의 가치가 있어요! 사드릴게요!”

“말은 고맙지만…… 그렇게까지는 필요 없어…….”

니나는 샬롯의 흥을 감당하지 못하고 곤란한 표정을 지었다.

그러는 사이에 란이 라멘을 들고 왔다.

니나에게 젓가락 쓰는 법을 알려준 다음, 다 같이 후루룩 먹었다.

“마, 맛있어!”

니나는 화들짝 놀란 얼굴로 라멘을 순식간에 먹어치웠다.

“잘 먹었습니다. 맛있을 줄은 알았지만 설마 이 정도일 줄은 몰랐어. 사줘서 고마워.”

“후후후. 니나의 웃는 얼굴을 볼 수 있다면 천 그릇이라도 살게요!”

“그러니까 그렇게까지 필요 없다니까……. 저기, 답례는 언젠가 꼭 할게. 지금은 여유가 없지만…… **그 일**이 정리되면, 반드시.”

그렇게 말한 니나는 자리에서 일어났다.

어쩐지 서두르는 모양새다.

그러나 안나가 그 팔을 덥석 잡았다.

“잡았다. 길 잃은 아이를 그냥 내버려둘 수는 없지. 혼자 가면 안 돼.”

“따, 딱히 길을 잃은 게 아닌데…….”

니나는 당황한 목소리로 말했다.

"로라보다 작은 애가 라멘을 먹을 돈도 없이 혼자서 서성이는 건 이상해. 길을 잃은 게 아니라면 집은 어디야? 거기까지 데려다줄게."

"그, 그렇게 말해도……."

안나의 물음에 니나는 대답하지 않았다.

대답할 수 없는 걸까.

대답하기 싫은 걸까.

"혹시, 길을 잃은 게 아니라, 가출이야?"

안나는 고개를 갸웃했다.

"하하. 그거라면 집이 어딘지 말하지 못하는 것도, 돈이 없는 것도 납득이 가네요. 가출은 안 돼요! 특히 지금은 흡혈귀 소동으로 밤에는 위험하니까요. 꼭 집에 돌아가요!"

로라는 상대가 또래이기에 살짝 잘난 척하며 말해봤다.

"내, 내버려둬. 라멘을 사준 사람한테 이런 말 하긴 싫지만…… 나한테는 사정이 있으니까!"

그러자 예상보다 격한 반응이 돌아왔다.

로라 일행은 서로 얼굴을 마주 봤다.

니나가 길을 잃은 건지 가출을 한 건지는 모른다.

어느 쪽이든 이대로 돌려보낼 수는 없었다.

그러나 그녀는 자신이 어디에서 왔는지 알려줄 마음이 없는 모양이다.

어떻게 해야 할까?

모를 때는 의지할 수 있는 어른에게 묻는 것이 최고다!

"좋았어. 니나를 학교로 데리고 가요!"

"뭐, 뭐?!"

당황하는 니나를 학교로 데리고 갔다.

도중에 도망치는 바람에 쫓다 보니 어느새 어두워져버렸다.

그러나 두 번째 탈주는 없었다.

모두가 단단히 붙잡아 메고 갔다.

※

에밀리아는 교무실에서 업무를 보고 있었다.

오늘은 주말이라 수업은 없지만 어제 친 역사 쪽지 시험을 채점하고 있다.

딱히 채점이 급한 것은 아니었다.

그러나 학생들도 시험 결과를 빨리 알고 싶을 거라는 생각에 주말을 반납했다.

너무 피곤해서 잠시 쉬기로 하기로 했다.

커피를 마시면서 창문 너머로 지는 해를 멍하니 바라봤다.

그때, 교무실에 귀여운 목소리가 울려 퍼졌다.

"마법학과 1학년 로라 에드몬즈예요! 에밀리아 선생님을 뵈러 왔어요!"

최고로 말썽꾸러기이자 최고로 사랑스러운 학생, 로라의 목소리였다.

"로라! 분명 낮에는 외출 금지가 아니지만, 그렇다고 문제를 일으켜도 된다는 건 아니야."

"에밀리아 선생님. 다짜고짜 너무하세요! 저라고 항상 문제를 일으키는 건 아니라고요!"

로라는 못마땅한 듯이 뺨을 부풀렸다.

확실히 편견이었을지도 모른다.

"미안. 그래, 오늘은 무슨 일이니?"

"가출 소녀를 데리고 왔는데 어떻게 하면 좋을지 여쭤보고 싶어서요."

"……그건 문제잖아?"

"그렇긴 하지만…… 평소의 문제와 비교하면 비교적 문제가 아니라고 생각해요."

로라는 중얼중얼 묘한 주장을 펼치며 변명했다.

그런 로라의 뒤에서 언제나의 멤버가 줄줄이 나타났다.

샬롯, 안나, 미사키.

그리고 처음 보는 흰 피부의 소녀.

"소개할게요. 가출 소녀 니나예요!"

"가출이 아니라니까. 길을 잃은 것도 아니고."

눈이 휘둥그레질 만큼 아름다운 소녀였다.

로라의 주위에는 미소녀들만 모이는데, 유유상종이라는 걸까.

"본인은 가출한 게 아니라는데?"

"하지만 란정 앞에서 배고파하고 있었어요. 우리가 집까지 데려다준다고 해도 어디서 왔는지 알려주지도 않고요……. 이상하잖아요?"

확실히 그건 이상하다.

"음, 니나라고? 우린 수상한 사람이 아니야. 길드레아 모험가 학교라고 알아? 거기 교사랑 학생이야. 여왕 폐하가 운영하는 학교지. 그러니까 안심해도 돼. 내가 집까지 데려다줄 테니까 어딘지 알려줄래?"

에밀리아가 웅크리고 앉아 니나에게 말을 걸었다.

"……난, 여행자라서…… 굉장히 먼 곳에서 왔어."

니나는 띄엄띄엄 대답했다.

"흠. 거기가 어딘데?"

"이노비 마을……."

“왜 여행을 하는 거야……?”

“그건…… 비밀이야…….”

“……역시, 가출한 거네.”

에밀리아는 결론을 내렸다.

“아, 아냐! 그럼 진실을 알려줄게! 난, 어머니를 찾아서 여행을 하고 있어!”

“거짓말하면 못써. 이노비 마을에서 여기까지는 어른이 걸어도 몇 주는 걸려. 로라 일행이라면 몰라도 평범한 아이가 혼자서 여행 같은 걸 할 수 있을 리 없잖아.”

“그, 그건…… 그러니까…….”

니나는 좀처럼 새로운 변명을 내놓지 못했다.

눈이 핑핑 돌았다.

아무래도 공황상태에 빠진 모양이다.

어째서 이렇게까지 감추고 싶어 하는 걸까.

이노비 마을에서 왔다는 거짓말은 금방 들통이 나는데 말이다.

아아. 그러고 보니.

요즘 왕도에서도 화제인 흡혈귀.

그 소문이 무성해진 것은 구 년 전.

이노비 마을이 시작이었던 것 같은데—.

"집을 알려주지 않는다면 위병한테 미아로 넘기는 수밖에 없어."

""네?!""

그렇게 외친 것은 니나가 아니다.

로라와 샬롯이다.

"위병한테 데리고 가지 않더라도 학교에서 맡으면 되잖아요!"

"맞아요! 우리가 돌보면 되니까 괜찮아요!"

두 사람은 매우 당황해서 말했다.

"무슨 소리야, 괜찮을 리가 없잖아."

"우우……. 그거야 니나가 너무 귀여우니까요……."

로라는 작은 목소리로 중얼거렸다.

완전히 길고양이를 주워온 것 같은 분위기다.

이 아이들도 진심으로 하는 말은 아닐 것이다.

에밀리아는 그렇게 믿었다.

"그럼 난 니나를 위병한테 맡기고 올 테니까 너희는 얌전히 기숙사로 돌아가. 이미 저녁이니까."

그렇다. 밤에는 외출 금지다.

사람들을 습격하는 것이 진짜 흡혈귀인지는 밝혀지지 않았지만, 위험한 누군가가 왕도에 있는 것은 분명하다.

교사에게는 학생을 지킬 의무가 있다.

다만, 로라 일행이라면 진짜 흡혈귀가 나타난다 해도 물리칠 것 같지만, 잘못 물려서 흡혈귀 로라가 탄생해버리면 그때는 감당할 수 없을 것이다.

"니나…… 그럼 잘 가요……."

"흑…… 로라랑 니나를 양쪽에 두고 자고 싶었어요……."

로라와 샬롯이 눈물 바람으로 배웅하는 가운데, 에밀리아는 니나를 데리고 위병 대기소로 향했다.

설마 가출 소녀의 뒤치다꺼리를 하게 될 줄은 몰랐다.

그러나 신수의 알이나 차이나 드레스에 비하면 이 정도 소동은 애교 수준이다.

이 정도에 그친다면 웃으면서 넘어갈 수 있다.

어린 가출 소녀를 그냥 내버려두지 못하는 것은 오히려 감탄해야 할 마음가짐이고.

에밀리아도 교사로서 철저히 니나를 위병에게 인계하기로 했다.

그러나 서둘러야 한다.

점점 더 어두워지기 시작했으므로…….

제 6 장 범인을 찾아요

에밀리아가 니나를 위병에게 데리고 간 다음 날.

병원 앞에 쓰러져 있던 에밀리아를, 아침에 일어나서 출근한 의사가 발견했다.

살아는 있었다.

그러나 깨어나지 않았다.

그 목덜미에는 날카로운 이빨에 물린 듯한 상처가 두 개 있고, 그리고 피가 상당히 줄어 있었다.

그런데도 당연히 있어야 할 피 웅덩이가 현장에 없었다.

마치 누군가가 마셔버리기라도 한 것처럼, 에밀리아의 피는 사라져 있었다.

에밀리아가 입원한 사실을 들은 로라, 샬롯, 안나, 미사키, 대현자는 곧바로 병원으로 달려왔다.

그리고 침대에 누운 에밀리아와 만났다.

그 살갗은 죽은 사람처럼 창백했다.

"에, 에밀리아 선생님! 세상에 이런 일이…… 눈 좀 떠보세요!"

로라는 에밀리아가 덮은 이불에 달라붙어 외쳤다.

그러나 깨어나 주지 않았다.

병원에서 시끄럽게 하면 안 돼, 라고 평소처럼 꾸짖어주길 바랐는데—.

그때 의사가 나타나 에밀리아의 상태를 설명했다.

"대량 출혈로 혼수 상태였습니다. 하지만 수혈을 해서 위급한 상황은 넘겼습니다."

나름대로 큰 병원이라면 마법으로 차게 식힌 냉장고가 있고, 그곳에 수혈 팩이 보관돼 있다.

피를 잃으면 사람은 죽는다는 사실을 발견한 연구자와 혈액을 냉장 보관하는 방법을 고안한 마법사 덕에 수많은 사람이 목숨을 건졌다.

"하, 하지만 에밀리아 선생님은 깨어나지 않고 있어요!"

"그렇게 당장은 깨어나지 않습니다. 게다가 에밀리아 씨는 전부터 어깨 결림이 심하다거나 아침에 일어났을 때 나른하다며 병원을 다니고 있었습니다……. 피로가 많이 쌓인 거겠죠. 좋은 기회이니 쉬게 해주는 게 어떻겠습니까?"

의사가 그렇게 말한 순간, 대현자는 로라와 샬롯, 안나에게로 시선을 옮겼다.

"저희 때문이에요……?"

"하지만 다른 건 생각할 수 없어……. 흐아아……."

"나, 난 전사학과니까 아닐 거야……."

저마다 중얼거리더니, 세 사람은 잠들어 있는 에밀리아를 바라보며 죄송해요, 라며 머리를 숙였다.

"딱히 세 명 때문만은 아니야. 에밀리아는 성실한 성격이라서 필요 이상으로 일을 해버리니까. 그런 거라면 쉬게 해주자."

그러니 에밀리아는 병원에서 안정을 취하게 하자.

그러나, 그건 그렇고.

목덜미에 상처를 낸 것은 누굴까.

그리고, 뽑힌 피는 어디로 갔을까.

에밀리아가 깨어나지 않는 것은 과로 때문이 아니라 그것들이 원인일 수도 있으므로 이 두 가지를 찾아야 한다.

"의사 선생. 에밀리아의 피는 한 방울도 남아 있지 않았어?"

대현자는 의사에게 물었다.

"아뇨. 상처 주위나 옷에는 묻어 있었습니다……."

"그 혈액 샘플, 조금이면 되니까 좀 줘. 내가 알아볼게."

"……알겠습니다. 당신은 대현자니까요. 우리가 현미경으로 들여다봐도 모르는 것을 알아낼 수 있겠지요."

함부로 환자의 혈액 샘플을 타인에게 넘기는 행위는 문제가 있어 보인다.

그러나 대현자라는 브랜드가 주는 믿음은 보통이 아니었다.

"혈액이라는 건 역시 흡혈귀의 짓인 겁니까?"

"몰라. 나조차 진짜 흡혈귀는 본 적이 없으니까. 여태껏 실제로 존재한다는 생각조차 없었고. 하지만 A랭크 모험가인 에밀리아를 이 꼴로 만들 정도면, 단순한 자가 아니야—."

확실히 그렇다.

A랭크라면, 드래곤을 혼자서 쓰러뜨릴 수 있는 경지다.

그것은 샬롯조차 아직은 무리일 것이다.

샬롯은 과거 교내 토너먼트 결승전에서 로라와 막상막하의 공방을 펼쳤지만 그것은 일시적인 성과. 부자연스러운 힘이었다. 진짜 실력은 아직 B 랭크다.

"응? 그런데 니나는요?! 에밀리아 선생님하고 같이 입원한 게 아닌가요?!"

"니나? 글쎄요. 그건 누굽니까?"

의사는 의아하다는 반응을 보였다.

로라 일행은 란정 앞에서 만난 니나라는 소녀에 대해서 설명했다.

에밀리아는 그 니나를 위병 대기소에 데려다주기 위해 학교를 나섰다가 지금에 이르렀다.

니나를 데려다주는 도중에 습격을 당한 거라면 니나도 같이 피해를 입었어야 앞뒤가 맞다.

아니면 대기소에서 돌아오는 길이었던 걸까.

"병원 앞에 쓰러져 있던 건 에밀리아 씨뿐입니다. 어린 여자아이는 없었습니다."

의사는 그렇게 단언했다.

그렇다면 니나는 어디로 가버린 걸까.

"에밀리아가 그 니나라는 애를 인계했는지는 알아보면 바로 드러날 거야. 나중에 대기소에 들러보자. 그나저나…… 에밀리아를 습격한 녀석, 배짱이 대단해. 내 제자이자 부하를 건드리다니. 죽고 싶은 거라고 생각할 수밖에 없어."

대현자의 눈이 슥 가늘어졌다.

그 말투는 침착했지만 격렬한 분노가 담겨 있었다.

"맞아요! 흡혈귀든 뭐든 찾아내서 본때를 보여줘요!"

로라도 담임선생님이 습격을 당한 상황에서 침착함을 유지할 수는 없었다.

지금 분노하지 않으면 그것은 인간으로서 실격이다.

"그래. 너희는 기숙사에서 얌전히 있으라고 해도 어차피 오늘 밤부터 흡혈귀를 찾아 나설 거지? 그럼 같이 가자. 단, 미사키는 안 돼."

"알고 있습니다……. 솔직히 따라갈 수 있는 레벨이 아닌 것입니다……."

수인인 미사키는 평범한 인간에 비하면 신체 능력이 뛰어나다.

로라들과 같이 놀 수 있을 정도다.

그러나, 어디까지나 놀이다.

그것이 전투라면, 평범한 수업조차 따라오지 못할 것이다.

"미사키 몫까지 우리가 노력할게요. 그러니 미사키는 오믈렛을 만들어서 우리의 에너지 보충을 도와주세요!"

"아, 알겠습니다! 몰래 평소보다 달걀을 많이 넣어버리겠습니다!"

특제 오믈렛을 먹으면 흡혈귀에게도 지지 않을 거다.

방침이 정해졌기에 로라 일행은 위병 대기소로 갔다.

그러나 니나라는 소녀를 인계받았다는 기록은 없었다.

왕도에는 위병 대기소가 여러 곳 있지만 비둘기를 이용한 네트워크로 고도로 정보를 공유하고 있다.

어제의 정보라면 이미 전해졌을 터다.

무엇보다 이곳은 학교에서 가장 가까운 대기소다.

에밀리아가 왔다면 이곳이다.

그러나 위병들은 에밀리아는 오지 않았다고 했다.

다시 말해, 에밀리아는 니나를 데리고 가는 도중에 습격을 당한 것이다.

그렇다면 니나도 같이 습격을 당했을 터다.

하지만 발견된 것은 에밀리아뿐이다.

이상한 일이다. 도대체 어떻게 된 일일까?

로라 일행은 의아함을 품은 채 대기소에서 학교로 돌아왔다.

그리고 병원에서 받아 온 에밀리아의 혈액을, 대현자가 분석했다.

애초에 이 일은 로라 일행이 도울 수 없었다.

든든한 대현자에게 맡기고, 식당으로 가서 에너지를 보충했다.

※

그리고 밤 일곱 시. 교문 앞에 모였다.

"저는 모두가 돌아오기를 기다리겠습니다. 모두 무사히 돌아오는 겁니다!"

미사키의 배웅을 받으며 로라 일행은 밤의 왕도로 출정했다.

"학장님. 에밀리아 선생님의 혈액에서 뭔가가 발견됐나요?"

"약물을 삼킨 흔적은 없었어. 하지만 희미하게 에밀리아 것과는 다른 마력의 파장이 남아 있었어. 누군지는 몰라도 분명 그 녀석이 범인이야."

"그렇군요! 그럼 그 파장을 찾으면 되는 거네요!"

"맞아. 하지만 지금 현재로서는 내 탐지에도 걸리는 게 없어……. 그래도 가까워지면 알 수 있을 거야."

"아무 정보도 없이 찾는 것보다는 백 배 나아요!"

"역시 학장님!"

"삐—."

일단은 에밀리아가 쓰러져 있던 병원 앞으로 향했다.

그러나 단서는 아무것도 없었다.

그 후로도 로라 일행은 인적이 드문 골목 따위를 골라 범인을 수색했다.

"학장님. 이대로 가다가는 끝이 없겠어요. 『흡혈귀야, 나와 보렴. 우리 피는 맛있단다』라고 노래를 부르면서 걷는 게 낫지 않을까요?"

"이웃에 민폐기도 하고, 흡혈귀도 꺼림칙해서 숨어버리지 않을까?"

"우우우. 그런가요."

로라는 오믈렛이 「맛있어요」라고 노래한다면 신이 나서 달려들 거다……. 아니, 역시 꺼림칙하게 생각할지도 모른다.

노래 작전은 실패다.

"아무튼 빨리 찾지 않으면 날이 밝겠어요. 내일부터는 또 수업이 있고요. 밤을 새고 늦잠을 자면 또 에밀리아 선생님한테……."

샬롯은 그렇게 말하다 말고 아차 하는 얼굴로 입을 꾹 다물었다.

그렇다.

야단쳐줄 에밀리아는 지금 혼수상태인 것이다.

에밀리아는 여름방학 숙제가 끝날 때까지 밤늦도록 함께해주었다.

주말에 말썽을 몰고 와도 끝까지 뒤치다꺼리를 해주었다.

그런 에밀리아를 습격한 녀석이 왕도에 있다.

밤을 새서라도 찾아야만 한다.

그렇게 로라가 결의를 새롭게 다진 순간.

멀리서 여성의 비명이 들려왔다.

"저쪽이에요!"

목소리가 난 방향을 향해 달렸다.

정신없이 달리던 중, 대현자가 나직이 중얼거렸다.

"틀림없어. 에밀리아의 혈액에 남아 있던 마력 파장이, 이 앞에서 느껴져."

다시 말해 범인이다. 설령 아니라 해도 이 사건에 대해 무언가 알고 있다.

다소 거친 방법을 써서라도 잡아서 심문할 것이다.

"다들 조심해. 저 모퉁이를 돌아서야."

대현자가 말하지 않아도 이미 로라도 알고 있었다.

정체를 알 수 없는 마력이 느껴진 것이다.

인간도 몬스터도 신수도 아닌, 좀 더 다른 존재.

"일단 나랑 로라가 갈게. 샬롯이랑 안나는 뒤에서 지원해줘."

"알겠어요!"

"호위는 맡겨줘."

샬롯과 안나는 대현자의 말에 순순히 따랐다.

그러나 후방 지원이라고 하면 듣기에는 좋지만, 실제로는 방해가 되니까 뒤로 물러나 있으라는 뜻이다.

새삼스럽지만 미사키뿐만 아니라 이 두 명도 두고 왔어야 했을지도 모른다.

대현자는 설령 상대가 에밀리아를 쓰러뜨린 녀석이라고 해도, 자기가 있으면 안전하다고 생각한 것이리라. 로라도 이 정도로 심각할 줄은 몰랐다.

그러나 이렇게 접근하고, 그 생각이 안이했음을 절실히 깨달았다.

마력의 총량 자체는 문제가 아니다.

문제는 **질**이다. 지나치게 이**질**적이라는 것.

따라서 적이 어떤 식으로 나올지 알 수 없다.

로라와 대현자는 긴장을 품은 채 모퉁이를 돌았다.

※

그곳은 묘지였다.

죽은 자의 이름과 살았던 연대를 새긴 석판이 늘어선 엄숙한 장소.

낮이라면 신성한 분위기일 것이다.

그러나 어둠에 휩싸인 지금은 꺼림칙함밖에 느껴지지 않는다.

"가자! 로라."

"네! 하쿠는 내 머리에서 떨어지면 안 돼요."

"삐—!"

로라와 대현자는 묘지로 침입했다. 그 바로 뒤를, 샬롯과 안나가 긴장감을 풍기며 따라왔다.

그리고 묘지의 중앙에 상징처럼 서 있는 커다란 나무 아래, 그것이 있었다.

누더기를 걸친, 왜소한 그림자.

웅크리고 앉아 무언가를 품에 안고서 찔꺽찔꺽 기분 나쁜 소리를 퍼뜨리고 있었다.

녀석은 로라 일행의 낌새를 눈치채고 이쪽을 돌아봤다.

해골처럼 살이 없었다.

오직 말라붙은 피부가 표면에 들러붙어 있을 뿐이다.

눈은 없었다. 그러나 뻥 뚫린 두 구멍에서 붉은빛이 수상하게 새어 나왔다.

그리고 열린 입 안으로는 날카로운 이빨이 보였다.

피투성이가 된 이빨이다.

그렇다면 이 녀석이 안고 있던 것은.

아아. 볼 것도 없다.

보고 싶지도 않다.

사람이다. 사람의 시체다.

어두워서 또렷하지는 않지만 그림자만으로 알 수 있다.

몸집이 작은 사람이, 땅에 축 늘어져 누워 있다.

조금 전에 들려온 비명의 주인—.

로라 일행은 제때 도착하지 못했다.

머리와 몸통이 갈라졌으므로 그 여성은 죽었다.

그것에는 논란의 여지조차 없다.

"요, 용서 못 해요!"

"괴물, 처단……!"

샬롯과 안나는 싸울 태세를 취했다.

그러나 그렇게는 안 된다.

"미안해. 너희를 데리고 온 건 내 실수야."

대현자는 그렇게 말하고는 바람의 마법으로 두 사람을 멀리 날려버렸다.

항의하는 외침이 들려왔지만 어쩔 수 없다. 대현자가 하지 않았다면 로라가 그렇게 했을 것이다.

말로는 제대로 설명할 수 없지만, **이 녀석은 위험하다.**

"로라. 위험을 느꼈으면 너도 피해. 어쨌든 상대는 『나조차 모르는 존재』니까."

인간이 아니다.

몬스터도 아니다.

하물며 신수도 아니다.

애당초 생물인지조차 분명하지 않다.

죽음의 냄새가 난다.

움직이고 있는데도 죽은 것처럼 보인다.

이미 죽은 자를 쓰러뜨릴 방법 따위 있는 걸까.

"온다!"

대현자가 외쳤다.

그 괴물은 가느다란 몸을 휘어뜨리며 놀라운 속도로 도약했다.

그리고 곧장 로라를 향해 돌진했다.

그러나 단순히 빠르기만 한 것이라면 드물 것도 없다.

로라는 생각하는 것보다 먼저 검을 뽑아, 엇갈리는 순간 괴물의 몸통에 칼날을 미끄러뜨렸다.

그러자 뜻밖에도 검은 간단히 적의 몸통을 둘로 갈라버렸다.

로라는 당혹감에 오히려 멈칫했다.

이 녀석은 이렇게 쉬운 상대가 아니라는 것을 감으로 알 수 있었다.

따라서 로라는『절단』이라는 결과를 납득하지 못하고 더욱 긴장했다.

그러나 괴물은 그대로 위아래로 분리되어, 더욱이 땅을 구른 충격으로 조각조각 부서져 가루로 변했다. 그리고 그 가루가 하늘로 날아올라, 공중에서 재생하기 시작했다.

더욱이 단순히 원래 모습으로 돌아간 것이 다가 아니다. 그 등에 박쥐 같은 날개가 돋아나, 초승달을 배경으로 날아다니는 것이 아닌가.

소설 속에서나 존재할 터인 도시 전설.

인간의 피를 빨아먹는 불사의 괴물.

그 이름을…….

"흡혈귀."

대현자가 입 밖에 냈다.

단순히 소문도, 환상도 아니라 지금 눈앞에 존재했다.

"하쿠. 공격하세요!"

"삐이이이이이!"

로라는 머리 위의 하쿠에게 강화 마법을 걸었다.

하쿠의 입에서 눈부신 광선이 흡혈귀를 노리고 뿜어져 나갔다.

하쿠의 진정한 힘. 이름하야 진정한 박격포, 하쿠격포다.

무인도에서 있었던 마지막 승부에서 다이켄저의 무구조차 꿰뚫었을 정도의 열량이다.

한 번의 검 공격에 부서지는 내구력으로는 파편조차 남지 않고 모조리 불탈 터다.

예상대로 하쿠격포가 직격한 부분은 순식간에 소멸했다. 그곳에서 퍼져 나간 불꽃이 흡혈귀의 고목 같은 몸을 눈 깜짝할 사이에 모조리 불태웠다.

불똥이 지면에 떨어져 내렸다.

그러나 이리저리 튄 불똥이 모여 인간의 형상을 갖추자 불꽃은 잠잠해졌다. 그곳에는 흡혈귀가 원래의 모습으로 서 있었다.

"세, 세상에. 모조리 불태워도 안 되다니……!"

"그럼 반대로 얼음은 어떨까?"

이번에는 대현자의 공격이다.

대현자의 발밑에서 바큇살 모양으로 얼음이 퍼져 나갔다.

로라는 서둘러 자신과 하쿠를 구체 형태의 방어 결계로 에워쌌다.

얼음은 가차 없이, 수면에 파문이 번지는 것보다 빠르게 묘지를 얼려 나갔다.

나무도 꽃도 석판도, 그리고 흡혈귀까지도.

얼음에 파묻혀 굳어갔다.

마치 시간이 멈춰버린 듯한 고요가 찾아왔다.

바람이 불어도 흔들리는 것조차 없다.

그저 달빛을 반사해 반짝반짝 빛날 뿐이다.

“이제 잡은 거려나?”

“학장님. 굉장해요! 파괴해도 재생하는 거라면, 형태는 그대로 두고 움직임을 멈추게 하면 되는 거였군요! 배웠어요!”

“삐—.”

“재생력이 뛰어난 적과 싸우는 건 처음이 아니니까…… 그나저나, 흡혈귀는 실제로 존재했던 거네…….”

대현자는 꽁꽁 언 흡혈귀에게로 시선을 옮겼다.

이렇게 자세히 보니, 소문으로 듣던 모습과는 상당히 다르다.

소설 속의 흡혈귀는 모두 용모 단정했다.

그러나 이것은 굳이 말하자면 미라에 가깝다.

하지만 믿기 힘든 재생력에 인간의 피를 빨아먹는 행위로 볼 때, 왕도를 떠들썩하게 한 범인인 게 틀림없다.

메마른 피부에는 검은 머리칼이 나 있다.

누더기 아래로 어렴풋이 솟은 물체로 볼 때 이 흡혈귀는 여성인 듯하다.

"아 참! 아까 습격당했던 사람은……."

"로라. 그 사람은 우리가 왔을 때 이미 죽어 있었어. 가엾지만 어쩔 수 없어. 묻어주는 것도 우리 일이 아니고."

"네……. 하지만 명복 정도는 빌어줄래요……."

"……그래."

어쩔 수 없었다는 대현자의 말은 틀리지 않을 것이다.

그러나, 그럼에도 불구하고.

어떻게든 구할 수 있는 방법이 있지 않았을까라고 생각하고 만다.

아니다. 이런 생각을 하기 시작하면 끝이 없다.

그것이야말로 이 세상에서 죽어가는 모든 사람을 구하고 싶다고 말하는 것과 비슷한 것이다.

어디선가 끝맺는 수밖에 없다.

"응? 이 나무 아래였던 거죠……?"

여성의 시체는 묘지 중앙에 자리한 나무 아래에 있었다.

묘지 전체가 얼음으로 뒤덮인 지금, 시체는 얼음 속에 갇혀 있을 터다.

그런데, 없다.

어쩌면 죽었다는 것은 이쪽의 착각이고, 로라 일행이 정신없이 싸우는 사이에 도망친 걸까.

아니다. 그런 일은 있을 수 없다.

어두워서 인상까지는 보이지 않았지만, 머리와 몸통이 분리돼 있었다.

그런 상태로 움직이는 것이라면 그것이야말로 흡혈귀 정도밖에 없다—.

로라와 대현자가 영문을 모른 채 우두커니 서 있는데.

등 뒤에서, 소리가 났다.

빠직 하고 얼음에 금이 가는 듯한 소리다.

돌아보니, 흡혈귀를 감싸고 있던 얼음에 균열이 가 있었다.

"맙소사. 설마 얼음에 가두는 걸로도 안 되는 거예요?!"

로라는 믿기지 않은 마음으로 금이 간 얼음을 바라봤다.

그러나 아무래도 흡혈귀의 몸부림이었던 모양이다.

균열은 그 이상 퍼지지 않아 흡혈귀가 움직이는 일은 없었다.

"휴. 다행이다. 얼음도 소용없다면 차원 창고에 가두는 수밖에 없으니까."

"그렇군요! 그런 방법도 있었네요. 그럼 걱정할 필요도 없었던 거네요."

"하지만 저 녀석은 차원 창고에 가둬도 영원히 살아 있을 것 같지 않아? 난 저런 걸 창고에 넣어두고 싶진 않아."

"하긴 그러네요……."

조만간 죽어준다면 상관없지만 지금까지의 불사력으로 볼 때 그건 별로 기대할 수 없을 것 같다.

저런 괴물을 넣어둔 채로는 차원 창고를 쓰기가 무척 불편하다.

"하지만 이대로 묘지에 두고 갈 수도 없어요."

"그렇지……. 어떻게 할까."

그렇게 고민하고 있는데, 이변이 일어났다.

얼음 속에 갇힌 흡혈귀의 색이 점점 옅어지는 것이 아닌가.

처음에는 빛의 굴절 때문인 줄 알았지만, 아니다.

명백히, 사라지고 있었다.

"어, 어떻게 된 거예요?"

"설마?!"

대현자는 하늘에 빛의 구체를 쏘아 올렸다. 공격이 아니다. 단순한 불빛이다. 그것은 강렬한 빛으로 묘지 전체를 대낮처럼 밝게 비추었다.

그러자, 공중을 이동하는 검은 안개가 피어올랐다.

그 안개는 얼음의 균열로부터 뻗어 나온 것이다.

설마 흡혈귀가 안개로 변해 그 작은 균열을 뚫고 탈출하는 걸까.

믿기 어렵다.

그러나 실제로 얼음 속에 갇힌 흡혈귀는 이미 거의 보이지 않고, 공중에 핀 안개는 짙어졌다.

"그렇다면, 근본을 제거하겠어요!"

로라는 얼음을 차원 창고의 문으로 감싸고, **공간째 도려냈다.**

그러나, 너무 늦었다.

이미 안개는 흡혈귀의 형상으로 변해, 부활을—.

"그렇게는 안 돼."

대현자도 문을 열어 흡혈귀를 집어삼키려 했다.

그러나 흡혈귀는 학습했다. 문이 열리기 직전, 옆으로 날아 도망쳤다.

로라가 얼음을 공간째 사라지게 하는 것을 본 탓에 자신의 재생력으로도 맞설 수 없는 기술이 있음을 짐작한 것이다.

그러나 로라는『왠지 모르게』흡혈귀의 행동을 읽고 있었다.

무인도에서 다이켄저와 격전을 치르면서 전투에 대한 감이 이전보다 날카로워진 것이다.

따라서 흡혈귀가 도망쳐간 곳에 문을 열었다.

아무리 흡혈귀라고 해도 공간에 간섭할 방법은 없을 터.

이번에야말로 가뒀다—. 그렇게 생각해버린 것을 방심이라고 부르면 될까.

그러나 설마 흡혈귀가 이 정도로 옮게 퍼진다고 어떻게 예상하겠는가.

"또 안개로!"

그저 안개가 된 것이 아니다. 고체든 기체든 차원 창고는 모든 것을 집어삼킨다.

그러나 흡혈귀는 순식간에 광활한 범위로 옮게 퍼져 나갔다.

차원 창고는 그 극히 일부를 삼켰을 뿐이다.

너무 희미한 탓에 도저히라고까지는 할 수 없지만 눈에 보이지 않았다.

따라서 마력 감지로 그 위치를 탐색했다.

그러자 놀랍게도. 흡혈귀의 낌새가 묘지 전체에서 느껴졌다.

그렇다면 묘지를 통째로 차원 창고로 삼켜야 할까?

아니다. 그래서는 로라와 대현자까지 저편으로 넘어가고 만다. 그것은 의미가 없다.

"로라! 뒤쪽이야!"

그때 대현자**가 아닌** 누군가가 외쳤다.

순간, 흡혈귀의 기척이 로라의 등 뒤에서 짙어졌다.

동시에 목덜미에 통증이 찾아왔다.

무언가가 푹 하고 박혔다.

그렇다.

흡혈귀의 이빨.

로라는 지금, 피를 빨리고 있었다.

그러나, 이것은 다시 말해—.

"잡았어요!"

바로 뒤에서 실체화한 것이라면 더는 놓치지 않는다.

문을 개방했다.

흡혈귀는 『저편의 공간』으로 빨려 들어갔다.

"로라, 괜찮아?!"

"삐—."

흡혈귀가 사라진 후, 대현자와 하쿠가 걱정스레 물어왔다.

괜찮다고 말하고 싶었지만, 로라는 목이 아파서 울먹였다.

"흐윽…… 너무 아파요……."

"저런저런. 기다려. 치료해줄게. 에잇."

대현자가 손가락을 빙글 돌리자, 상처가 금세 아물고 통증도 사라졌다.

"고맙습니다!"

"천만에. 로라야말로 물리면서도 용케 차원 창고를 제어했어!"

"후후후. 그 정도에 집중력이 흐트러지지는 않아요!"

"그 뒤에 바로 울먹였지만 말이지."

"그건 말하기 없기예요……."

정신없이 싸울 때는 힘을 낼 수 있지만 끝나면 거기까지다.

아플 때는 울고 간지러울 때는 웃는다.

"그런데 방금 경고를 보낸 건 누구였을까요?"

로라가 궁금증을 입 밖에 내자,

"나야."

목소리와 함께 나무 위에서 작은 그림자가 내려왔다.

검은 머리칼에 흰 피부.

로라보다 더 작은 체구.

"니나?!"

그렇다. 에밀리아가 위병에게 데리고 갔던 정체불명의 소녀. 니나가 나타났다.

"여긴 어떻게!"

"어떻게라니…… 아까부터 계속 있었는데. 일단 저 불빛 좀 꺼줄래? 밝으면 늦게 나아서."

그렇게 말한 니나는 하늘에 떠오른 빛의 구체를 가리켰다.

늦게 낫는다…….

그 말이 가리키는 답은, 그녀의 목덜미에 있었다.

바로 옆에, 끔찍한 상처가 있었다.

마치 뒤틀려 뜯긴 것을 억지로 붙여놓은 듯한 상처다.

"그 상처는…… 호, 혹시, 아까 흡혈귀한테 습격을 당한 게 니나였어요?! 하지만 완전히 목이 떨어져 있었는데 어떻게 아직 살아서…… 밝으면 늦게 낫는다니, 꼭 흡혈귀처럼…… 응? 흡혈귀? 니나가 흡혈귀였어요?! 하지만 흡혈귀는 내가 차원 창고로 보냈는데…… 응? 으응?"

뭐가 뭔지 모르게 된 로라의 머릿속에 물음표가 가득 퍼져 나갔다.

"이제 와서 급전개네. 일단 불빛은 끌게."

대현자가 그렇게 말하자 묘지를 밝히고 있던 빛의 구체가 사라졌다.

주변은 다시 밤의 어둠에 휩싸였다.

그것과 동시에 묘지 입구에서 샬롯과 안나의 목소리가 들려왔다.

"잠깐. 두 사람! 우리를 쏙 빼놓고 싸우다니 너무해요!"

"여기 좀 지나가게 해줘. 그보다 왜 니나가 거기 있는 거야?"

그런 말을 하면서 두 사람은 마치 벽이라도 있는 것처럼 아무것도 없는 허공을 땅땅 때렸다.

"샬롯, 안나. 웬 팬터마임이에요……?"

"아아. 내가 묘지를 결계로 감쌌어. 흡혈귀가 안개로 변해서 도망치지 못하도록. 그리고 아무것도 모르는 일반인이 들어오지 못하도록."

"세상에! 역시 학장님, 언제 그런 걸! 전혀 몰랐어요!"

"후후. 로라도 아직 멀었구나."

대현자가 결계를 해제하자, 샬롯과 안나가 앞으로 푹 고꾸라졌다.

"너무해요! 너무해요!"

"이건 어쩌면 학장님의 학생 학대일지도 몰라. 어디다 고발하면 되지?"

"하, 학대한 게 아냐!"

고발이라는 말에는 제아무리 대현자라도 쩔쩔매고 만다.

"정말……. 뭐, 우리를 쫓아낸 이유는 알겠어요. 그래서 흡혈귀는 어떻게 됐어요? 니나는 왜 여기에 있고요?"

샬롯은 빨개진 코를 문지르면서 물어왔다.

"흡혈귀는 로라가 차원 창고에 가뒀어. 그리고 이 애가 너희가 관정 앞에서 만났다는 니나라고. 왜 여기에 있는지는 나도 묻고 싶어. 그보다…… 정체가 뭐야? 아까 그 흡혈귀와 비슷한 마력 파장이 느껴지는데. 게다가 그 심각한 목 상처가 벌써 사라졌고!"

그렇다. 절로 고개를 돌리고 싶어지는 그 상처는 이미 흔적도 없이 사라졌다.

로라도 대현자도 니나에게 회복 마법을 걸지 않았다. 니나가 직접 건 낌새도 없었다.

저절로 나은 것이다.

그런 니나를 경계해서인지 대현자는 미소를 띠고 있지만 그 눈빛은 날카로웠다.

"……이렇게 된 거 다 설명할게. 하지만 우선 가장 중요한 것부터 말할게. 로라. 넌 사흘이 지나면 흡혈귀가 될 거야. 그리고 그 에밀리아라는 사람도."

"우와……. 나랑 에밀리아 선생님이 흡혈귀……. 으아아아아아?!"

로라의 외침이 묘지 가득 울려 퍼졌다.

제7장 고대에서 온 공포예요

사건의 발단은 십팔 년 전으로 거슬러 올라간다.

이노비 마을이라는 곳에 어느 행복한 여성이 살고 있었다.

그녀는 사랑하는 남편과 결혼해 귀여운 딸을 낳았다.

모든 것이 장밋빛이었다.

영원히 이 순간이 계속되기를 바랐다.

그렇기에 의사의 선고는 그녀에게 더욱 견디기 힘든 고통이었다.

남은 생 일 년.

몸의 이상을 감지하고 의사를 찾아간 그녀는 믿기 힘든 운명을 선고받았다.

—믿을 수 없어. 믿고 싶지 않아. 믿어도 될 리 없어.

이렇게 남편을 사랑하고, 사랑받고, 갓 태어난 사랑스러운 딸이 있고, 그 아이의 성장을 지켜볼 기대에 차 있는데.

그런데 남은 생이 일 년?

웃기지 마.

병 따위에 굴복하지 않아.

이 행복을 영원히 지켜나갈 거야.

그야 난 이렇게 행복하니까.

좀 더 살고 싶어.

그저 가족과 함께 살고 싶어.

그 이상은 바라지 않아.

그런 작은 소원도 품어서는 안 된다는 것이 말이 될까.

대관절 어느 누가 『살고 싶다』는 바람을 부정할 수 있지?

그렇다. 나는 살 것이다.

무엇을 희생해서라도—.

그녀는 병든 몸을 끌며 연구에 몰두했다.

하루하루 죽음을 향해 가는 몸으로. 수많은 마독서를 닥치는 대로 읽고 실천했다. 마법을 익혔다. 약을 만들어 초과 복용했다. 육체의 붕괴를 직전에서 계속 제어했다.

마독서를 살 돈이 없을 때는 여행자를 죽여 가로챘다. 약재를 살 돈이 없을 때도 죽여서 훔쳤다.

그러나 그런 짓을 계속 저지르면서도, 그녀는 가족들 앞에서는 웃음을 잃지 않았다.

모든 것을 숨긴 채 좋은 아내, 좋은 어머니를 연기했다.

아니다. 연기하려는 마음 따위 없었다.
진심으로 가족을 사랑했으므로.
남은 일 년이 지나도 죽지 않았다.
의사 말도 의외로 믿을 게 못 되네, 라며 남편과 함께 웃었다.
한 살이 된 딸을 안고서.
더없이 행복했다.
반드시 영원히 지켜내겠노라 다시금 맹세했다.

그러나 현대의 마법 기술로는 한계가 있었다.
확실히 죽음이 가까워졌다.
그것을 짐작한 남편은 묘하게 다정해졌다.
하지만 가끔은 슬픈 표정을 보였다.

—아아. 미안해요. 그런 표정 짓게 해서.
걱정 말아요. 난 괜찮아.
난 죽지 않아. 죽지 않아요. 당신들과 영원히 살아갈 거야.
어떤 방법을 써서라도—.

그래서 그녀는 고대 문명의 유적에 잠입했다.
그들은 지금보다 훨씬 앞선 기술을 보유했었다고 한다.

그렇다면 영원한 생명의 힌트 정도는 갖고 있을 것이다.

없다면 거짓말이다. 죽고 말 거다.

그러나 자신은 죽지 않는다. 그러므로 분명히 있다.

유적을 탐색하는 일은 물론 가족이 모두 잠든 한밤중에 이루어졌다.

그러지 않으면 탄로 나고 만다.

잠 따위는 걸림돌이다.

일분일초도 허투루 쓸 수 없다.

도저히까지는 아니지만 잠들 마음이 들지 않고, 잠들 수 없었다.

수많은 약물은 이미 그녀의 뇌를 폭주시키고 있었다.

정해진 목표를 향해 자동적으로 돌진하는 기계였다.

몸은 간신히 살아 있었다.

그러나 어쩌면 마음은 이미 오래 전에 죽었을지도 모른다.

그럼에도 불구하고 걸음은 멈추지 않는다. 멈출 수 없다.

그리고. 아아, 마침내—.

몇 년 후. 그녀는 어느 유적의 깊은 곳에서 바라는 것을 손에 넣었다.

존재 자체는 지금까지의 조사를 통해 알고 있었지만, 실제로는 발견되지 않았다.

—흡혈귀병 환자의 두개골…….

흡혈의 충돌과 맞바꿔 영원한 생명을 얻을 수 있다는 고대의 기이한 병.

고대인들은 이 병을 위협으로 느끼고 총력을 다해 환자를 제거해 완전히 몰아냈었던 모양이다.

어쩔 수 없는 일이다.

인간이 인간을 잡아먹는 괴물로 변해버리면, 종의 존망이 위협받는다.

흡혈귀병은 반드시 봉인되어야 한다.

그러나 그런 내막까지 알면서도, 그녀는 두개골에 붙은 이빨로 자신의 목덜미를 눌렀다.

이빨이 경동맥에 박혀 피가 흐르고, 그 피와 교체되듯 이빨에서 흡혈귀병의 술식이 흘러 들어왔다.

그렇다. 술식.

이것은 분명 고대의 마법사가 만든 인공적인 질병이리라.

취미 한번 고약한 질병.

어떤 목적인지는 몰라도 인류 자체를 위험에 노출시키는 것을 만들다니, 생각을 알 수 없다.

그러나 지금은 감사했다.

덕분에 영원을 손에 넣었다.

사양하지 않고, 주저하지 않고.

그녀는 두개골을 들고 유적에서 빠져나와, 사랑하는 가족이 기다리는 집으로 돌아갔다.

남편과 딸에게도 영원을 나누어주기 위해서—.

흡혈귀의 흡혈 행동에는 크게 두 가지 유형이 있다.

『죽을 때까지 빨아들인다』와 『죽지 않을 선에서 멈춘다』가 그것이다.

흡혈귀에게 물리고 **살아남은 자**는 사흘 후에 흡혈귀로 변하고 만다. **변해버린다**.

따라서 그녀는 잠든 남편과 딸의 목덜미를 두개골의 이빨로 몰래 눌렀다.

그리고 회복 마법으로 상처를 덮고, 시치미 뗀 얼굴로 가족생활을 유지했다.

사흘 후, 모든 것이 이루어진다.

행복한 영원을 얻는 것이다.

앞으로 여러 일들이 일어날지도 모르지만 가족이 힘을 합치면 분명 괜찮을 것이다. 극복해 나갈 수 있다.

그러나 그때 그녀는 미처 알지 못했다.

흡혈귀병에 감염된 모든 사람이 원래의 모습과 자아를 지킬 수 있는 것은 아니라는 사실을…….

첫날은 괜찮았다.

이틀째에 이변을 느꼈다.

사흘째, 이형의 괴물로 변해 남편과 함께, 사랑하는 딸을 공격했다.

원래의 모습과 자아를 지킨 것은 막 아홉 살이 된 딸뿐이었다.

가족 전체가 흡혈귀.

그저 『가족과 살고 싶다』는 소박한 꿈을 위해 끔찍한 길에 발을 들여 마침내 거머쥔 길 끝에 스스로 사랑하는 딸을 파괴하려 했다.

딸은 당황하면서도 괴물로 변해버린 부모에게 저항했다.

자신 또한 괴물의 힘을 손에 넣은 사실에 경악하면서.

결말은 나지 않았다.

흡혈귀는 불사신이므로.

죽지도 죽이지도 못한 채 폭주 상태의 부모는 어디론가 사라졌고, 어린 딸은 영문도 모른 채 쓰러져 울었다. 그리고 구 년의 세월이 흘렀다—.

※

"그 딸이 나야."

학교 교무실로 자리를 옮겨 미사키와도 합류한 로라 일행은 니나에게서 모든 사정을 들었다.

"지금까지가 내 체험과 어머니의 일기, 유적에서 얻은 정보를 정리한 거야. 여기까지 질문 있어?"

그렇게 물어도, 너무나도 파란만장한 삶에 로라는 할 말을 잃었다.

니나의 모습은 로라와 또래 정도로 보인다.

그래서 혼자 여행 중이라는 것도 열여덟 살이라는 것도 어머니를 찾고 있다는 것도 이노비 마을에서 왔다는 것도 모두 믿지 않았다.

그러나 전부 사실이었다.

놀라서 얼어붙은 로라 일행을 보고, 니나는 씁쓸히 웃으며 말을 이었다.

"난 괴물로 변해버린 부모님을 죽이기 위해, 땅에 묻기 위해 여행하고 있어. 일 년 전에 아버지를 죽였어. 그리고 이 왕도에서 흡혈귀 소동이 일어났다는 이야기를 듣고 찾아온 거야. 빙고였어. 어젯밤, 에밀리아 씨랑 걷고 있는데 어머니가 공격해왔어. 이미 인간의 모습이 아니었지만 한눈에 알아볼 수 있었어. 난 에밀리아 씨와 함께 싸웠지만……. 미안해. 에밀리아 씨는 물리고 말았어. 피를 다 빨리기 전에 물리치는 게 고작이었어. 그 후에 에밀리아 씨를 병원 앞까지 옮겨놓고, 어머니를 찾아서 온 왕도를 돌아다니다 그 묘지에서 발견한 거야. 하지만 역습을 당해서 목이 비틀려 떨어졌어. 그때 마침 너희가 나타났고."

"……세 가지를 물어도 될까?"

대현자가 끼어들었다.

"좋아. 어차피 이 이후의 이야기는 너희도 알고 있고."

"일단 확인부터. 로라랑 에밀리아가 흡혈귀가 된다고 했는데, 그럼 그 전에 습격당한 피해자 다섯 명은? 그들은 흡혈귀가 되지 않고 죽은 모양이던데. 그건 마지막까지 몽땅 피를 빨렸거나 중간에 멈춘 차이라고 생각하면 돼?"

"응. 이전에 습격당한 다섯 명은 피를 몽땅 다 빨려서 순리대로 죽은 거야. 문 다음에 죽이지 않고 흡혈 행위를 중단하지 않으면,

흡혈귀병은 감염되지 않아. 내 부모님도 피를 빨아먹는 횟수가 적은 대신, 한 번 물면 죽을 때까지 몽땅 빨아먹어서 흡혈귀가 늘어나지 않았어. 하지만 이번에는 우연히 현장에 내가 있었으니까…….”

“그렇구나. 니나 양 덕분에 에밀리아는 피를 몽땅 빨리지 않을 수 있었어. 고마워. 그러니까 그런 괴로운 얼굴 하지 마.”

“하지만…… 이대로라면 흡혈귀가 되니까…….”

니나는 고개를 숙이고 중얼거렸다.

확실히 그녀가 에밀리아를 구한 탓에 흡혈귀가 한 마리 늘어날 가능성이 생겼다.

에밀리아를 모르는 척하는 편이 크게 봤을 때는 옳았을지 모른다.

그러나 니나는 그럼에도 불구하고 에밀리아를 살렸다.

딱히 에밀리아와는 친분이 있는 것도 아니고 그날 처음 만난 사이인데 말이다.

그런 생면부지의 사람이라도 무심코 구하고 말았다.

그 행동으로 니나가 어떤 인물인지 알 수 있다.

설령 몸은 흡혈귀라 할지라도 마음은 인간인 것이다.

“니나! 나도 감사 인사를 하게 해주세요! 우리 선생님을 구해줘서 고마워요!”

“그래요. 앞으로 어떻게 될지는 몰라도…… 어쨌든 지금 현재 에밀리아 선생님은 살아 있어요. 그건 니나 덕분이에요!”

"나도 에밀리아 선생님한테는 신세를 지고 있어. 고마워."

로라와 샬롯, 안나는 니나를 아낌없이 칭찬했다.

이대로 에밀리아와 로라가 흡혈귀로 변해버릴지도 모른다.

니나처럼 자아를 지킬 수 있다는 보증도 없다.

그러나 그럼에도 불구하고 니나의 행동을 부정하고 싶지는 않다.

"처, 천만에……."

니나는 얼굴을 붉히며 어색하게 작게 중얼거렸다.

"자. 그럼 두 번째 질문. 일 년 전에 아버지를 죽였다고 했는데, 나랑 로라가 그만큼 공격해도 죽지 않은 흡혈귀를 어떻게 죽인 거야? 너한테는 불사자를 죽음에 이르게 할 수단이 있는 거지?"

"으응. 있어."

니나는 짧고 분명히 답했다.

그리고 치마를 들어, 그 안쪽에 감춰져 있던 주머니에서 큼직한 은색 말뚝을 꺼냈다.

상당한 길이다. 사람의 얼굴 길이 정도는 된다.

"그게 뭐야?"

"어머니의 일기에 적혀 있던, 흡혈귀의 두개골을 발견했다는 유적에 잠들어 있던 거야. 내가 찾았어. 고대인은, 이걸 흡혈귀의 심장에 박아 넣어서 불사자에게 죽음을 안겼어. 그 위력은, 내가 아버지에게 시험했고."

"그렇구나……. 불사자인 흡혈귀에, 그걸 죽이는 말뚝이라. 고대 문명은 굉장하네. 나도 나름 오래 살았지만 모르는 것투성이였어."

대현자는 「휴」 하고 한숨을 쉬었다.

"그럼 세 번째. 마지막 질문이야. 에밀리아랑 로라는 지금 이대로라면 흡혈귀로 변해버리는 모양인데, 원래대로 되돌릴 방법은 있어?"

이것이야말로 가장 중요한 질문이다.

이 대답이 『없다』라면 눈앞이 깜깜해진다.

그러나 니나가 이렇게 침착하게 설명하고 있다는 것은 있는 게 틀림없다.

그리고 그것을 실행하는 일은 니나 혼자서는 불가능하다. 그래서 그녀는 이렇게 로라 일행 앞에 모습을 드러내고 사정을 설명하는 것이리라.

로라는 그렇게 믿고 싶었다.

"로라랑 에밀리아 선생님이 흡혈귀로 변하는 건 확실히 막을 거예요!"

"두 사람이 괴물로 변하는 건 절대로 안 돼."

"로라에몬 씨의 주식은 오믈렛입니다! 피를 마시게 하지 않을 것입니다!"

샬롯, 안나, 미사키가 니나를 향해 몸을 쑥 내밀었다.

하쿠도 「삐—」 하고 목을 뻗었다.

물론 당사자인 로라도 땀이 흥건한 주먹을 불끈 쥐고, 두근거리는 마음으로 니나의 말을 기다렸다.

"일단, 방법이 없는 건 아니야. 해본 적은 없지만……."

니나의 대답은 생각보다 미덥지 못한 것이었다.

"그럴 수가……. 그런 건 해봐주세요……."

로라는 무심코 울먹였다.

"억지 부리지 마. 나도 어머니의 일기와 유적에서 얻은 정보밖에 없으니까. 해보고 싶어도 부모님은 한번 물면 상대가 죽을 때까지 피를 빨아먹고……. 에밀리아 씨랑 로라가 예외인 거야."

"그럼 로라랑 에밀리아로 시험하면 돼. 그것 말고는 방법이 없으니까. 그래서, 어떻게 하는 건데?"

대현자가 제일 먼저 기분을 전환했다.

역시 약 삼백 살. 웬만한 일로는 동요하지 않는다.

"물리고 나서 흡혈귀로 변하기까지는 사흘의 유예 기간이 있어. 그 사이에 자기를 문 흡혈귀의 재를 먹으면 흡혈귀로 변하는 걸 막을 수 있……대."

니나는 자신 없는 투로 말했다.

로라로서는 거짓말이라도 좋으니 자신 있게 말해줬으면 했다.

"흡혈귀의 재? 어떻게 만드는 것입니까? 불태워도 다시 살아나고 말 것입니다."

미사키가 의문을 제기했다.

"그러니까 이 말뚝으로 죽인 다음에 불태우는 거야. 그것 말고 다른 방법은 몰라."

다시 말해, 흡혈귀에게 물려서 살아남은 자는 사흘 안에 자기를 문 흡혈귀를 죽여야만 인간으로 남을 수 있다는 것이다.

보통은 불가능할 것이다.

로라와 대현자조차 차원 창고에 가두는 것밖에 하지 못한 상대다.

니나가 말뚝을 갖고 있지 않았다면 완전히 궁지에 몰렸다.

"어쨌든 이걸 심장에 박으면 된다는 거네. 빌려줄 수 있어?"

대현자가 묻자, 니나는 불안한 듯 올려다보며 입을 열었다.

"……우선, 확인시켜줘. 당신은 진짜 대현자인 거지?"

"그래, 맞아. 길드레아 모험가 학교의 학장이니까. 나 외에 대현자는 없을 거야."

"이 말뚝을 주면 어머니를 잠들게 해준다고 약속할 수 있어?"

"약속해. 오히려 너야말로 괜찮은 거야?"

"……어머니는 아버지보다 훨씬 강해서 나는 이길 수 없을 것 같고……. 솔직히 어떻게 해야 할지 몰랐을 정도야. 그런데 설마 대현자가 도와주다니……. 어머니를, 부탁해."

니나는 깊이 머리를 숙였다.

"……알았어. 맡겨줘."

그렇게 말한 대현자는 니나에게서 은말뚝을 받아, 문을 열고 저편으로 사라졌다.

"……그렇게 깜깜하고 아무것도 없는 공간에서 흡혈귀와 싸우다니, 학장님은 굉장해."

"난 떠올리기조차 싫어요……."

안나와 샬롯이 떨리는 목소리로 말했다.

그러고 보니 무인도에서 결승전을 벌였을 때 이 두 사람은 대현자에 의해 차원 창고에 갇힌 적이 있었다.

그곳에는 하늘과 땅도 없거니와 중력도 없다.

오직 칠흑으로 물든 광활한 공간이 펼쳐진 허무의 세계.

단순히 땅이 없는 것뿐이라면 몰라도, 그곳에 어둠이 더해지면 오감을 빼앗긴 듯한 착각이 들어 무척 공포스러운 것이다.

"차원 창고라는 말을 들으니 탄환 대신 발사당했을 때가 떠올라요……."

"앗, 그거였어요?! 으음, 그건 확실히 미안하게 생각하고 있어요……."

"그건 무서웠어. 사죄의 표시로 로라는 내 포옹 베개가 되어야 마땅해."

"무슨 말이에요! 로라는 내 포옹 베개예요! 정 안나가 로라를 포옹 베개로 삼고 싶다면, 우리 방으로 와서 셋이 같이 자는 수밖에 없어요!"

"좋아. 그렇게 할래."

안나는 끄덕였다.

그리고 로라에게 달라붙었다.

"그러니까 흡혈귀 따위로 변하면 안 돼."

"그렇습니다! 로라에몬 씨와 좀 더 놀고 싶습니다! 하쿠 님도 슬퍼할 것입니다!"

"삐!"

"……혹시 로라가 이성을 잃고 날뛰기 시작하면…… 흑흑…… 묶어서 포옹 베개를 하는 수밖에 없어요……."

샬롯도 엉엉 울며 로라에게 엉겨 붙었다.

"결국 포옹 베개군요!"

로라는 농담처럼 받아쳤지만 같이 울고 싶을 만큼 기뻤다.

이렇게 자신을 생각해주는 친구가 있다는 사실이 무척 행복했다.

그런데, 그런 로라 일행을, 니나가 부러운 눈길로 바라보았다.

아아, 그래.

니나는 지난 구 년간 괴물로 변해버린 부모를 흙으로 되돌리는 일만을 생각하며 살아왔다.

친구를 만들 여유 따위 없었으리라.

"니나. 컴온!"

"……뭐?"

"날 포옹 베개로 삼고 싶어 하는 얼굴이길래요."

"어떤 얼굴인 거야! 딱히 널 포옹 베개로 삼고 싶은 마음도 없어. 그저…… 부모님이 인간이었던 시절이 떠오른 것뿐이야……."

그렇게 말한 니나는 수줍은 듯 고개를 숙였다.

딱히 수줍어하지 않아도 되는데 말이다.

"자자. 속는 셈치고 이리 와서 붙어 보세요. 샬롯이 말하길, 나는 포옹 베개 적성 9999인 모양이니까요."

"그래요. 로라를 껴안으면 얼마나 마음이 편해지는지 몰라요!"

"나도 안기면 마음이 편해지니까 서로 윈윈이에요. 자, 어서요!"

"네, 네가 그렇게까지 말한다면야……."

로라는 이미 오른쪽에 샬롯, 왼쪽에 안나, 뒤쪽에 미사키, 그리고 머리 위에 하쿠로 포위당한 상태이므로 니나는 정면에서 찰싹 달라붙었다.

"……아, 굉장해……. 정말 마음이 편해져."

니나는 로라의 가슴에 얼굴을 폭 파묻었다.

"후후후. 분명 내가 가진 덕인 거예요!"

"로라에몬 씨는 하쿠 님이 둥지로 선택했을 정도이니까요. 몸에서 무언가가 나오는 걸지도 모릅니다."

"삐?"

"분명 신물질일 거야. 연구하면 박사가 될 수 있어."

"신물질 로라늄이에요! 로라의 고귀함이 주위 사람들에게 전해져서 토우토민 반응을 일으켜 긴장을 완화시키는 거예요!"

"오믈렛이 로라의 몸 안에서 로라늄으로 변환된 거야."

"새로운 학문의 탄생입니다."

"제 이름이 역사에 남을 거예요!"

그런 로라 일행의 대화를 들으며, 니나는 어이없는 미소를 지었다.

"너희들, 이런 순간에도 태평하네……. 불안하지 않아?"

"불안하지만…… 모두가 함께라면 괜찮아요! 그리고 학장님은 무척 강하시니까 반드시 흡혈귀의 재를 구해오실 거예요!"

대현자가 강한 것은 모두가 아는 사실이다.

그러나 로라만큼 깊이 아는 사람은 없을 것이다.

그리고 그런 로라조차 아직 대현자의 한계는 보지 못했다.

어쩌면 묘지에서 치른 전투도 로라 없이 대현자 혼자 싸우는 편이 더욱 원활하지 않았을까라고 생각해버릴 정도다.

차원 창고의 내부라면 주변 상황이 개입할 염려도 없다.

마음껏 싸울 수 있다.

따라서 걱정할 필요는 전혀 없었다.

"……응. 대현자니까. 이걸로 내가 가만히 있어도 끝나는 거네."

니나는 불쑥 중얼거렸다.

그것을 들은 로라는 움찔했다.

그 흡혈귀는 로라에게 장애물일 뿐이다.

그것을 쓰러뜨리는 데에는 아무런 감흥도 없었다.

그러나 니나에게는 구 년이나 쫓아다닌 숙적인 동시에 어머니의 영락한 몰골인 것이다.

어차피 쓰러뜨릴 거라면 자기 손으로 끝내주고 싶을 것이 틀림없다. 꼭 그게 아니더라도, 마지막을 지켜보고 싶은 것이 보통이다.

그러나 니나가 차원 창고로 간다 해도 대현자의 걸림돌이 될 뿐이다.

얌전히 기다리는 것이 옳다.

그렇지만 그저 여기서 멍하니 시간을 죽이고 있는 것도 멋이 없다.

로라가 무엇을 해야 할지 고민하는데 꼬르르륵 하는 소리가 들려왔다.

"윽."

그것은 니나의 배에서 새어 나온 소리였다.

"어머. 니나도 참 숙녀답지 못하네요!"

"처음 만났을 때도 란정 앞에서 배를 곯고 있었습니다."

"의외로 먹보?"

"아, 아냐! 그 라멘 이후로 먹은 게 없으니 배가 고파도 어쩔 수 없어."

"세상에. 그렇게 단식을……."

로라는 너무 놀라 몸을 뒤로 젖혔다.

식사가 최고의 기쁨(주로 오믈렛)인 로라에게 식사를 거른다는 것은 고문이나 다름없다.

"라멘을 먹은 건 어제 점심때니까 단식이라고 할 것까지야……."

"학교 식당에 가요! 분명 오믈렛을 먹고 있을 동안 학장님이 돌아오실 거예요. 고고!"

※

이미 늦은 시간이기에 학교 식당은 영업을 마친 뒤였다.

그러나 이쪽에는 학교 식당의 직원인 미사키가 있다.

멋대로 조리실에 들어가, 다섯 명 분의 오믈렛을 만들어 달라고 했다.

"미사키. 전에는 접시만 씻었었는데 요즘은 요리도 하는군요!"

"열심히 배우고 있습니다. 일류 학식 아주머니가 되는 것이 목표인 것입니다."

미사키는 가슴을 활짝 폈다.

"……아주머니가 되려면 삼십 년은 더 걸릴 것 같아요."

"그, 그렇지 않습니다! 노력하면 좀 더 빨리 될 수 있을 것입니다!"

학식 아주머니로 불리려면 좀 더 나이가 들어야 할 것 같은데, 미사키는 나이가 들고 싶은 걸까?

학식 미사키 양으로 불리는 게 더 귀여운데 말이다.

"그럼 어엿한 아주머니가 되기 위해서 오믈렛에는 치즈를 듬뿍 넣어주세요. 오늘은 치즈 오믈렛을 먹고 싶은 기분이에요!"

"알겠습니다. 이로써 또 한 걸음 학식 아주머니에 가까워졌습니다!"

그리고 완성된 오믈렛을 각자 쟁반에 담아 테이블로 옮겼다.

오믈렛에 나이프를 찌른 순간, 걸쭉한 치즈가 흘러나왔다.

입에 넣자, 치즈와 달걀의 오케스트라가 펼쳐졌다.

"맛있어……. 이렇게 맛있는 오믈렛은 처음이야……!"

니나는 무서운 기세로 오믈렛을 먹어치웠다.

과연 어제 점심 이후로 아무것도 먹지 않은 사람이다.

"칭찬을 받으니 쑥스럽습니다."

자기가 만든 오믈렛이 호평을 받자 미사키는 얼굴을 붉히며 귀를 쫑긋거렸다.

"그건 그렇고, 니나. 흡혈귀는 인간의 피를 먹는 거죠? 그것 말고 일반적인 음식도 필요하나요?"

샬롯이 물었다.

"인간의 피만으로도 충분하지만…… 피는 별로 먹고 싶지 않아서 평범한 음식으로 보충하는 편이야. 하지만 난 돈이 없으니까……."

"그건 큰일이네요……. 왕도에 오기 전까지는 어떻게 생활한 거예요?"

"마, 말해야 해……?"

니나는 작은 목소리로 중얼거리며 시선을 방황했다.

"흡혈귀의 삶에 흥미가 가시질 않아요!"

"나도 궁금해."

안나까지 이야기를 재촉했다.

그러자 니나는 체념하고 더듬더듬 말하기 시작했다.

"……땅에 떨어진 돈이 있는지 찾아다니거나, 그렇게라도 찾지 못하면 근처 밭에서 무를 뽑아 먹기도 하고. 피가 너무 먹고 싶어서 참을 수 없을 때는 길에서 잠든 사람의 엄지 끝을 바늘로 톡 찔러서 살짝만 먹거나……. 아, 직접 입을 대고 빨아먹는 게 아니면 상대가 흡혈귀가 되는 일은 없어."

과연. 그런 숨은 기술이 있었군.

하지만 그렇다 해도.

"거, 거의 범죄입니다……."

"니나. 자수하자."

"회개하는 거예요……!"

"어, 어쩔 수 없잖아! 돈이 없는데! 또, 아무래도, 가끔씩은 피를 먹어줘야 움직일 수 있고……."

니나는 부들부들 떨면서 반론했다.

"돈이 없으면 일을 해요! 니나는 나보다 작아도 실제로는 열여덟 살이잖아요? 안 돼요! 그러면 니나가 아니라 니트예요!"

"이런 모습의 나를 고용해줄 가게가 어디 있겠어? 게다가 부모님을 찾아서 여행을 해야 했고."

"그럴 때야말로 모험가 길드예요! 자영업의 꽃! 언제 어디서든 자기가 원하는 페이스로 임무를 맡으면 돼요!"

"일단 길드에 등록은 해뒀지만 난 밤에만 싸울 수 있으니까……. 밤에 몬스터를 잡아서 아침 일찍 갖고 가는 걸 반복했더니 흡혈귀 아니냐는 의심을 받았어……. 그렇게 자주 이용할 수는 없어."

"음…… 확실히 제약이 많군요."

로라 일행은 모험가 학교 교복을 입고 있으니 몬스터를 쓰러뜨려도 그렇게 이상하게 여기지 않는다.

그러나 니나처럼 평범한 아이가 혼자서 몬스터를 쓰러뜨리는 것은 상당히 드문 일이다.

그것도 밤에만 싸우는 소녀.

지나치게 수상하다.

더구나 진짜 흡혈귀이므로 뒷조사를 당하면 아웃이다.

"혹시, 흡혈귀의 도시 전설 중 일부는, 니나……?"

"그럴지도."

"굉장해요! 악수해주세요!"

"아, 악수 정도야……."

로라는 니나의 손을 잡고 휙휙 위아래로 흔들었다.

그러자 테이블 위에 앉아 있던 하쿠가 붕붕 움직이는 두 사람의 주먹 위에 폴짝 올라탔다. 그러더니 트램펄린을 하듯 깡충깡충 뛰어다녔다.

"삐—."

로라의 팔이 아파오기 시작했을 무렵, 비로소 하쿠는 만족한 듯 다시 테이블 위로 돌아갔다.

"고작 악수가 이렇게 피곤할 줄은 몰랐어."

"아하하……. 그나저나 학장님이 늦으시네요."

"학장실에서 기다리고 있는 게 아닐까요?"

"아뇨. 학장님이라면 추리력을 발휘해서 남아도는 시간을 주체하지 못한 제가 모두에게 오믈렛을 먹으러 가자고 했다는 걸 짐작하실 거예요."

"확실히 그건 나라도 추리할 수 있어."

“배가 고파서 오믈렛이 아니라 한가해서 오믈렛이라는 것도 굉장한 이야기입니다.”

“오, 오믈렛을 먹는 것만큼 의미 있는 시간은 없으니까 괜찮아요!”

로라는 난처한 나머지 변명했다.

“안 돼요, 로라. 그렇게 먹기만 하면…… 몸이 커지고 말 거예요!”

“그게 왜 안 되는데요?!”

한창 성장기인 로라는 언제나 영양 보충을 원했다.

빨리 자라서 어른의 패션을 해보고 싶었다.

그런데 샬롯은 로라를 안았을 때의 느낌밖에 생각하지 않는다.

너무하다. 흥.

“너희는 항상 그런 콩트 같은 대화를 하는 거야?”

니나가 어이없어하며 말했다.

그러나 대화가 콩트처럼 되어버리는 것은 샬롯 때문이지 로라의 언동에는 문제가 없을 터다. 아마도.

“자. 오믈렛을 다 먹었어요……. 이제 뭘 하죠?”

“당연히 접시를 씻는 것입니다.”

“그렇군요. 접시를 씻은 다음엔 뭘 하죠?”

“학장실로 돌아가서 학장님이 돌아왔는지 확인해야 해.”

“흠흠. 맞는 말이에요, 안나. 하지만 학장님이 아직 돌아오지 않았으면 어쩌죠?”

"이럴 때는…… 다 같이 목욕을 하는 게 좋아요!"

"샬롯, 그거예요! 다 같이 씻겨줘요! 괜찮다면 학장님도 불러요!"

방침이 정해졌다.

각자 자기가 사용한 접시를 깨끗하게 씻고, 멋대로 학교 식당을 사용한 흔적을 지웠다.

그리고 학장실로 갔지만, 대현자는 아직 돌아와 있지 않았다.

"……상당히 고전 중인 거네요."

"흡혈귀가 그렇게 강한가요?"

샬롯이 물었다. 샬롯과 안나는 대현자의 마법을 맞고 날아갔기 때문에 흡혈귀가 묘지에서 부린 난동을 보지 못했다.

"재생력과 회피 기술이 굉장해서 강하다면 강하지만…… 말뚝이라는 공격수단을 얻은 학장님이 고전하는 건 좀 이상하네요."

"저기. 차원 창고라는 건 어떤 곳이야?"

니나가 물었다.

그러고 보니 이 중에서 니나만 차원 창고에 들어간 적이 없었다.

"캄캄하고 굉장히 넓은 공간이에요. 어느 정도로 넓은지는 나도 잘 몰라요."

"흠…… 그럼 철저히 도망치기만 하면 상대가 대현자라 할지라도 시간을 벌 수 있을지도 몰라."

"그럴까요? 진지하게 마음먹은 학장님의 힘은 그런 레벨이 아닐

것 같은데요……."

그렇다 해도 그것은 로라의 이미지에 불과하다.

실제로 이렇게 대현자는 아직 차원 창고에 틀어박힌 채다.

니나 말대로 계속 술래잡기를 하고 있을지도 모른다.

그런 이야기를 하고 있자니 대현자가 돌아왔다.

"어서 오세요! 학장님!"

"어서 로라랑 에밀리아 선생님한테 흡혈귀의 재를 먹여요!"

힘든 싸움을 하든 시간이 걸리든 목적을 달성했다면 문제없다.

이것으로 왕도의 흡혈귀 소동은 해결됐다.

로라와 에밀리아도 목숨을 건지고 니나의 여행도 끝을 맺을 것이다.

그럴 터인데, 어째선지 대현자의 표정이 밝지 않았다.

"왜 그러세요? 학장님?"

로라의 물음에 답하는 대신, 대현자는 니나를 바라보며 미안한 얼굴을 했다.

"미안해, 니나. 약속을 지키는 건 조금만 더 기다려줘."

"그, 그게…… 무슨 말이야?"

대현자의 사과에 니나는 당황한 목소리로 외쳤다.

로라 일행도 의아해졌다.

설마 대현자는 흡혈귀에게 진 걸까. 아니다. 그런 것치고는 전투를 한 흔적조차 없다.

대관절 무슨 일인가 하고 모두가 대현자를 바라보자, 그녀는 불쑥 중얼거렸다.

"……없어."

그것은 대현자치고는 드물게 자신감이 없는 목소리였다.

심상치 않은 분위기를 느끼고, 로라 일행은 쩔쩔맸다.

"어, 없다는 게 무슨 말씀이세요?!"

"그러니까, 차원 창고 어디에도 그 흡혈귀가 없어. 로라, 문을 열거나 하진 않은 거지?"

"열지 않았어요! 혹시, 저랑 학장님 외에도 차원 창고를 쓸 수 있는 사람이……?"

"글쎄……. 하지만 그것 말고는 생각할 수 있는 게 없는데……."

"이, 일단 저도 차원 창고를 보고 올게요!"

로라는 하쿠를 미사키에게 맡기고 차원 창고로 넘어가 암흑 속을 날아다녔다.

흡혈귀가 내뿜던 그 불길한 마력을 찾으면서, 「흡혈귀야」 하고 불렀다.

그러나 흡혈귀는 보이지 않았다.

애초에 차원 창고에 저장한 물건을 꺼낼 때는 이렇게 일일이 찾아다니지 않는다.

그저 느낌으로 어디에 무엇이 있는지 순식간에 파악해, 원래 세계로 소환하는 것이다.

그러므로 이렇게 찾지 못하는 시점에서 이상 사태다.

"큰일이에요! 정말 없어요……. 어쩌죠?!"

학장실로 돌아온 로라는 대현자에게 매달렸다.

조금 전까지만 해도 완전히 해결한 기분이었다.

그래서 한가하게 오믈렛을 먹을 여유가 있었다.

그러나 이대로라면 로라도 에밀리아도 흡혈귀로 변하고 만다.

자아를 지킬 수 있다면 그나마 다행이다.

니나처럼 살아갈 수도 있다.

그러나 자아를 잃어버린다면…… 인간을 덮치는 추한 괴물로 변한다.

"진정해, 로라. 일단 원인이 뭔지는 몰라도 흡혈귀는 차원 창고 안에 없어. 다시 말해, 이쪽 세계에 있다는 거야. 나랑 로라, 니나 셋이서 찾아보자. 나머지는 학교에서 대기하고."

"어째서요?! 로라랑 에밀리아 선생님이 위기에 처했어요! 저희도 흡혈귀를 찾겠어요!"

"마음은 알겠지만 너희가 흡혈귀를 찾아도 할 수 있는 일이 없잖아? 그건 걸림돌일 뿐이야."

대현자는 전에 없이 진지한 말투로 샬롯을 내쳤다.

그 말을 들은 샬롯은 입술을 꽉 깨물고 울먹이는 표정을 지었다.

그러나 사실이었다.

로라는 이미 물렸으니 한 번 더 물려도 문제없다. 니나는 더더욱 그렇다.

그리고 대현자라면 몇 시간이나 온몸을 방어 결계로 감싸, 흡혈귀의 이빨로부터 피부를 보호할 수도 있을 것이다. 로라도 힘들지만 마음만 먹는다면 못 할 것도 없다.

그러나 샬롯과 안나는 그럴 수 없다.

단순한 전투력의 문제다.

샬롯과 안나는 그 흡혈귀와 마주하면 몇 초 만에 목숨을 잃을 거다.

그렇기에 대현자는 묘지에서 두 사람을 배제했다.

아마 샬롯도 자신의 힘이 부족하다는 것을 알고 있을 터다.

그러나 차마 고집을 꺾을 수가 없었다.

그런 샬롯의 소매를, 안나가 잡아당겼다.

"샬롯. 오늘은 물러나자. 언젠가는 강해져서 걸림돌이 되지 말자……!"

그런 안나의 말에 샬롯은 쥐어짜듯 중얼거렸다.

"……알겠어요."

거치적거리니 오지 말라는 소리를 듣고 그것을 인정하는 일은 얼마만큼의 굴욕인 걸까.

로라가 무인도에서 맛본 무력감. 그 몇 배에 달하는 감정이 샬롯 안에서 소용돌이 치고 있을 것이 틀림없었다.

"샬롯 씨. 기운을 내는 겁니다. 괜찮다면…… 조금 정도는 꼬리를 만져도 됩니다."

"고마워요, 미사키…… 하지만 이건 미사키의 꼬리로도 해결되지 않는 고통이에요……."

그렇게 말하면서도, 샬롯은 야무지게 미사키의 꼬리를 만졌다.

제8장 이곳이 여행의 종착지예요

샬롯이 입은 마음의 상처는 미사키에게 맡기고, 로라, 대현자, 니나는 왕도의 상공으로 날아올랐다.

물론 은말뚝을 챙기는 것도 잊지 않았다.

일단 최대 전력인 대현자에게 맡기기로 했다.

"니나. 등에 검은 날개가 돋았어요! 멋져요!"

"멋진 걸까……? 게다가 흡혈귀의 능력은 밤에만 쓸 수 있고. 평범한 비행 마법이 더 편리해."

"하지만 멋도 중요해요!"

"어머, 로라. 그럼 그대로 흡혈귀가 돼 볼래?"

"그, 그건 관둘게요……!"

케첩 대신 인간의 피를 오믈렛에 뿌려 「와! 맛있겠다!」라고 하는 자신을 상상하자, 로라는 털이 쭈뼛 서는 듯했다.

게다가 흡혈귀는 흡혈 충동 외에도 단점이 있다.

외모다.

니나의 어머니처럼 자아를 상실한 흡혈귀는 괴물의 모습으로 변해버리는 모양이다.

그리고 자아를 지킨다 해도 불로불사.

다시 말해 성장할 수 없다.

실제로 니나는 여전히 작았다.

로라는 자라고 싶기에 흡혈귀로 변하는 것은 사절이다.

"그리고 학장님. 하늘을 나는 건 좋지만 여기서 본다고 흡혈귀를 찾지는 못할 거예요!"

"육안으로 찾는 게 아니야. 한 번 싸워본 상대니까 집중하면 꽤 멀리 있어도 마력의 파장을 탐지할 수 있을 거야."

"우와, 학장님. 기술이 대단하세요! 왕도 전체를 커버할 수 있는 거예요?"

"있어. 로라는 아직 못 해?"

"음…… 학교 부지만 해도 어려울 것 같아요."

"어머. 좀 더 연습해야겠네."

그런 로라와 대현자의 대화를 듣고 있던 니나는 질린 표정을 지었다.

"……둘 다 지나치게 굉장한 것 같은데. 대현자는 그렇다 치고 로라도 실제로는 외모랑 실제 나이가 다른 거야?"

"네? 저는 그냥 아홉 살이에요!"

"그건 흡혈귀보다 괴물이잖아……."

"너, 너무해요!"

기분이 상한 로라는 니나의 뺨을 쭉 잡아당겼다.

로라는 항상 샬롯이나 대현자에게 뺨을 당겨지는 입장이기에 가끔은『당기는 입장』이 돼도 벌은 받지 않을 거다.

"쟈, 쟈바당기지 뫄……."

그렇게 로라와 니나가 장난치는 옆에서, 대현자는 눈을 감고 집중력을 끌어올렸다.

눈앞에 있는데도 그 존재감이 희미해져갔다.

마치 대현자가 왕도 전체로 퍼져 나가는 듯하다.

그것은 흡혈귀가 보여준 육체를 안개로 바꿔 퍼뜨리는 기술과는 또 달랐다.

대현자는 분명 로라와 니나 옆에 있지만, 그 의식만 옮게 퍼져 나간 듯한 묘한 느낌이다.

이것이 넓은 범위를 단숨에 수색하는 기술이다.

그것을 직접 목격한 로라는 나중에 연습하기 위해 대현자를 자세히 관찰했다.

이윽고 눈을 뜬 대현자는 고개를 위로 들고—.

"저기야."

시선이 향한 곳은 초승달이었다.

그 옅은 빛 속에, 검고 작은 그림자가 있었다.

"세상에! 저런 곳에서 우리를 내려다보고 있었군요!"

"어머니. 오늘이야말로 끝내요……."

로라와 니나는 흡혈귀를 향해 돌진하려 했다.

그러나 그때.

흡혈귀가 파동을 뿜어냈다.

자기를 제외한 모든 존재를 향한 포식의 뜻.

그것은 살의도 적의도 투지도 아닌, 식욕이었다.

묘지에서 만났을 때보다 강해져 있었다. 압도적으로.

아니다. 이상한 것은 그게 다가 아니다.

오히려 다른 한 현상이 더욱 수수께끼였다.

"자, 잠시만요……. 이건 어떻게 된 거예요……?"

흡혈귀를 올려다본 로라는 마치 거울을 보는 듯한 착각에 빠졌다.

딱히 흡혈귀가 로라와 쏙 닮게 변신한 것이 아니다.

여전히 미라처럼 이형인 채다.

변한 것은 마력의 파장이다.

원래 존재했던 불길한 마력 속에, 놀랍게도 로라의 마력이 섞여 있다.

"설마 로라의 피를 빨아먹고 강해졌다는 말도 안 되는 이야기는 아니겠지?"

대현자가 중얼거렸다.

그 말을 듣고, 니나는 고개를 저어 부정했다.

"아니. 그런 건 생각할 수 없어. 물론 피를 빨아먹은 뒤에는 힘이 솟지만…… 로라는 조금밖에 빨리지 않았잖아? 애초에 한 명이나 두 명을 죽을 때까지 빨아먹는다 해도 저렇게 눈에 띄게 강해지는 일은 없어……."

니나의 말에 대현자는 인상을 썼다.

"그러니까, 크고 작은 차이는 있어도 피를 빨아먹고 강해지는 현상은 있는 거네?"

"있지만…… 방금 말했듯이 조금 빨아먹은 정도로는 스스로도 느끼지 못할 정도야."

"그건 평범한 인간의 피였을 때고. 로라는 평범한 인간이 아니야."

"아."

대현자의 말을 듣고, 니나는 입을 벌린 채 얼어붙었다.

"으아! 제 피 때문에 저렇게 된 거예요?!"

"아마도. 하지만 이걸로 알았어. 저 녀석은 차원 창고에서 자력으로 나왔다는 걸."

"말도 안 되게 강적이잖아요!"

불사. 단지 그것만으로도 성가신 상대였다.

거기에 더해 로라의 마력 중 일부를 흡수하고, 더욱이 차원 창고에서 탈출하는 일마저 가능하다.

정말이지 웃어넘길 수 없다.

그렇기에 더욱 빨리 쓰러뜨려야 한다.

녀석은 이 왕도 자체에 식욕을 품고 있다.

그 욕구를 억제할 생각은 없다. 마구 새어나오고 있다.

분명 지금까지는 인간들에게 들키지 않게끔 자제하며 흡혈을 해왔을 것이다.

아무리 은말뚝이 심장에 박히지 않는 한 죽지 않는다 해도, 흡혈귀가 실제로 존재한다는 사실이 공공연히 밝혀지면, 인간은 진지하게 그 대항책을 고민할 것이다.

이 세계에는 대현자를 필두로 우수한 마법사들이 많이 있다.

어쩌면 고대 문명을 조사해서 은말뚝을 찾아낼지도 모른다. 혹은 고대 문명과는 다른 방법으로 흡혈귀를 무찌를 수도 있다.

이성이 남아 있지 않아도 그런 위협을 본능적으로 느낀 것이리라.

그래서 흡혈귀는 도시 전설로 남아 있었다.

그러나 더는 움츠릴 필요가 없다고, 녀석은 판단했다.

인간들이 총력을 다해 흡혈귀를 제거하려 해도, 그것에 눈도 깜짝 하지 않을 힘을 습득했다. 적어도 녀석 스스로는 그렇게 생각했다.

그렇다면 그 착각을 정정해줘야 한다.

로라와 대현자는 흡혈귀를 향해 곧장 날아갔다.

한 박자 늦게 니나가 뒤따랐다.

그때, 월령(月齡)이 바뀌었다.

바로 조금 전까지 흡혈귀의 등 뒤에 떠 있던 달은 초승달이었다.

그것이 로라가 눈을 한 번 깜빡인 틈에 보름달로 변해 있었다.

영문을 알 수 없었다. 그러나 사실이었다.

아니다. 단순히 달의 나이만 바뀐 게 아니다. 달의 크기가 열 배 가까이 불어나고, 더욱이 색까지 변했다. 백금색으로 빛나던 달이 지금은 붉은색이다.

마치 니나의 눈동자 색처럼.

"달이 마력을 빨아들이고 있어……?"

대현자가 흡혈귀를 향해 돌진하면서 중얼거렸다.

"확실히, 엄청난 탈력감이에요……."

어떤 원리인지는 모르지만 저 달은 위험하다.

어쨌든 로라와 대현자가 흡혈귀가 있는 곳에 아직 도달하지 못했으므로— 보통 때 같으면 이미 한 방을 먹였을 텐데 말이다.

다가가면 다가갈수록 흡수되는 속도가 빨라졌다.

"이건, 왕도에 있는 사람들의 마력도 빨아들인다는 건가요?!"

"그렇겠지. 달에서 먼 만큼 우리보다 효과는 희미하겠지만."

저 달은 어디에 있는 걸까.

교과서에 실린 것처럼 하늘의 저편, 우주라는 장소일까.

그러나 초승달이던 달이 붉은 보름달로 바뀌어버린 시점에서 기존의 정보는 모두 믿을 수 없다.

바로 지척에 있는 것처럼도 보인다.

저 흡혈귀는 붉은 보름달을 만들어냄으로써 아름다웠던 밤을, 자기가 바라던 핏빛으로 물든 밤으로 다시 써버렸다.

자칫 잘못하면 이 밤은 새지 않는다.

어쨌든 밤을 다시 써버린 것이다. 그렇다면 아침이나 낮을 다시 쓰지 못한다고 어떻게 말할 수 있겠는가.

해가 뜨기를 기다려도 녀석은 약해지지 않을지도 모른다.

애당초 해가 뜨지 않을지도 모른다.

더욱이 왕도에 있는 모든 사람의 힘을 빨아들여, 시간과 함께 강해져간다.

최악의 적이다.

"그렇다면 학장님!"

"응. 내가 정면을 맡을 테니까 로라는 후방을 부탁해!"

문을 열고, 차원 창고를 거쳐 순간 이동.

먼저 로라가 흡혈귀의 등 뒤에 나타났다.

검을 뽑고, 가진 모든 마력을 총동원해 칼날을 강화했다.

칼날이 허공을 가로로 갈랐다.

흡혈귀는 견고한 방어 결계를 치고 있었지만, 로라의 검은 그것을 보란 듯이 깨부수고 동체를 절단했다. 그와 동시에 음속을 뛰어넘은 충격파가 흡혈귀의 살과 뼈를 갈기갈기 찢었다.

그리하여 걸레처럼 너덜너덜해진 흡혈귀의 몸통에 대현자가 내지른 은말뚝이 정면으로 쇄도했다.

타이밍은 완벽했다.

일단 회피는 불가능하다.

설령 빗맞더라도 로라가 더욱 공격해 움직임을 멈출 것이다.

그렇게 생각했지만, 상대 또한 차원 창고를 쓸 수 있다.

그것은 잊지 않았다.

그러나 차원 창고를 열기 위해서는 나름의 집중력이 요구된다.

지금 막 차원 창고를 여는 법을 익힌 흡혈귀가 이 마지막 순간에 차원을 뛰어넘어 회피할 수 있다고는 생각되지 않았다.

흡혈귀는 두 개로 분리된 상반신과 하반신 모두를 이 세계로부터 지워버렸다.

심장을 노리고 내지른 말뚝은, 허공을 갈랐다. 그뿐 아니라 하마터면 로라에게 박힐 뻔했다.

그리고 다시 살아난 흡혈귀는 대현자의 바로 뒤에 나타났다.

"단순하네. 차원 창고를 갓 익힌 티가 너무 나!"

대현자는 읽고 있었다.

돌아보지 않은 채, 흡혈귀를 향해 눈부신 빛의 탄환을 날렸다.

그러나 깡그리 불탄 흡혈귀는 재를 모아 다시 원래의 모습으로 되살아났다.

그와 동시에 다시 차원 창고로 도망치려 했지만— 미라 같은 표정에 당혹감이 비쳤다.

"그러니까 단순하다는 거야. 난 차원 창고의 고안자야. 경험치가 다르다고. 마음만 먹으면 타인이 문을 여는 걸 방해할 수도 있어."

대현자는 겁 없는 미소를 지으며 말했다.

흡혈귀는 다시 한 번 차원 창고로 가는 문을 열려 했지만, 열리지 않았다.

대현자의 방해는 왕도 상공 전역에 걸쳐 있다.

그러나 대현자는 방해술식을 전개하기 직전, 단 한 번 작은 문을 열었었다.

따라서 그녀의 손에 은말뚝은 없다.

은말뚝은 원래의 주인.

니나의 손에 있었다.

흡혈귀의 등 뒤로, 말뚝을 든 니나가 돌진했다.

심장을 향해 말뚝이 쇄도한 순간— 흡혈귀는 간발의 차로 안개로 변해 달아났다.

안개는 더욱 상공, 붉은 달과 더욱 가까운 장소에서 미라의 모습을 되찾았다.

그때를 노리고 이번에는 로라가 마법을 걸었다.

“얼어붙으세요!”

초저온. 절대 영도에 가까운 온도의 얼음으로 흡혈귀를 에워쌌다.

피부의 표면뿐만 아니라 그 안속에 있는 근육까지 얼었을 터다.

당연히 날개도 얼었다.

따라서 흡혈귀는 추락했다.

“니나, 제 피를 마시세요!”

“뭐?! 아, 알았어!”

빠르게 대화를 주고받는 사이, 로라는 자기의 손가락을 깨물어 피를 내, 그것을 니나가 핥게 했다.

그 순간, 니나의 마력이 폭발적으로 부풀어 올랐다.

“자, 가요. 니나!”

“응……. 고마워. 로라!”

둘이서 말뚝을 쥐고, 얼음에 갇혀 추락하는 흡혈귀를 향해 전력으로 돌진했다.

절대 영도의 얼음을 가르고, 피부를 뚫고, 뼈를 부수고, 마침내 심장 깊숙이 말뚝을 찔렀다.

이것으로, 이번에야말로— 흡혈귀의 숨통을 끊었다.

얼음 속에서 흡혈귀의 눈이 형형한 빛을 내뿜었다.

안구가 없는 두개골 안쪽에서, 붉은빛을 강하게 내뿜으며— 사라졌다.

마치 단말마의 비명처럼.

그 불길한 기운도, 로라의 것과 같은 마력도 느껴지지 않았다.

눈앞에 있는 것은 얼음에 갇혀 말라비틀어진 미라다.

“편히 주무세요……. 엄마…….”

말뚝을 꽉 쥔 채, 니나가 나직이 말했다.

떨어져 내린 눈물 한 방울이 왕도의 하늘에 녹아들었다.

달빛은 더 이상 붉지 않았다.

※

흡혈귀의 사체를 얼음에 가둔 채로 학교로 옮겼다

그리고 얼음을 부수고 사체를 꺼내 재가 될 때까지 마법의 불꽃으로 불태웠다.

교정 위로 피어오르는 연기를, 니나는 물끄러미 지켜보았다.

구 년.

로라의 나이와 같은 시간을, 니나는 오직 부모를 죽이기 위해 써왔다.

그것을 이룬 지금, 그녀는 무슨 생각을 하는 걸까.

"자, 로라. 물을 가져왔어요. 그 재를 마셔서 흡혈귀화를 막아요!"

"원샷, 원샷."

"꿀꺽 하는 것입니다!"

샬롯과 안나, 미사키는 물이 가득 든 컵을 내밀며 얼른 재를 마시라고 재촉했다.

"삐—."

하쿠도 덩달아 재촉했다.

그러기 위해서 흡혈귀를 잡은 것이니, 로라도 이론은 없었다.

그렇지만 재를 마시는 행위에는 살짝 거부감이 들었다.

더구나 그 괴물의 재다.

정말 괜찮을까?

"병에 걸리거나 하지는 않겠죠?"

"글쎄…… 유적에 그런 기록은 없었는데……."

니나는 자신 없이 말했다.

"지금은 거짓말이라도 좋으니 자신 있게 말해주세요……."

"……괜찮아!"

니나는 씩씩한 표정과 목소리로 정정했다.

그러나 그럼에도 불구하고 마음이 놓이지 않았기에 로라는 대현자를 바라봤다.

"재를 사용한 요리가 있을 정도고, 고대 문명이 그렇게 하라고 했으니까. 뭐, 괜찮겠지."

"학장님도 의외로 대충이시네요……. 하지만 알겠어요. 소녀는 배짱이에요! 각오는 됐어요!"

아직 따뜻한 재를 손바닥으로 떠서 컵에 넣고 물에 녹였다.

그리고 눈을 감고, 단숨에 들이켰다.

쓰다.

괴로웠다.

그러나 다 마시지 않으면 흡혈귀로 변하고 만다.

꿀꺽꿀꺽, 꿀꺽꿀꺽.

"푸하앗! 이거면 됐을까요……?"

"……사흘 후에도 흡혈귀로 변하지 않으면 성공이야."

"아아……. 그때까지 모르는 거예요?"

그렇지 않을까라고 생각했지만, 역시 안심하고 싶었다.

로라는 스스로를 낙관적인 편이라고 생각했지만, 인간과 괴물의 기로에 서니 아무래도 긴장이 됐다.

"그럼 로라의 혈액을 내가 조사해볼게. 에밀리아의 혈액에서는 흡혈귀의 마력이 나왔었어. 로라의 혈액에서 흡혈귀의 마력이 사라졌으면, 성공 아냐?"

"그렇군요! 학장님은 언제나 든든하세요!"

"후후. 고마워. 하지만 이번에는 해결하기까지 시간이 걸렸어……. 이렇게 고생한 건 백삼십 년 전 마신을 상대한 이후로 처음이야."

"마신과 흡혈귀 중 어느 쪽이 더 강했어요?"

"그야, 아무래도 마신이지. 그때는 선대 하쿠랑 둘이서 간신히 이긴 느낌이었고. 하지만 죽지 않는 정도로만 따지면 흡혈귀려나."

"그렇군요……. 역시 마신은 강한 거네요."

로라가 마신을 쓰러뜨리게 될 날은 조금 더 미래일 듯하다.

필요한 것은 노력이다.

"삐—."

하쿠는 자기 이야기라고 생각했는지 로라의 머리 위에서 굼실굼실 움직였다.

"삐이!"

그러더니 우렁차게 울었다.

"로라. 우리를 잊어선 안 돼요! 다음번에는 절대로 걸림돌이라는 소리가 나오지 않도록 강해지겠어요! 두고 보세요!"

"나도. 더 노력할 거야."

샬롯과 안나도 힘차게 말했다.

"저는 모두가 힘낼 수 있도록, 맛있는 요리를 만들 것입니다!"

미사키는 귀와 꼬리를 실룩거렸다.

로라는 요리도 좋지만 모두가 힘낼 수 있도록 쓰다듬게 해주면 좋겠다고 생각해버렸다.

"저기. 흡혈귀의 재, 조금만 가져도 돼?"

니나는 이미 형체를 잃고 한낱 재로 돌아간 어머니를 바라보며 중얼거렸다.

물론 누구도 그녀의 말에 이의를 제기하지 않았다.

"……니나는 이제 어떻게 할 생각이에요?"

"이노비 마을에 아버지의 무덤이 있으니까 그 옆에 어머니도 묻어줄 거야. 그 뒤에는…… 아직 정하지 않았어. 뭘 해야 할지도 모르겠고."

니나는 힘없이 말하고는 은말뚝을 꼭 쥐었다.

마치 살아갈 의미를 잃어버린 것처럼.

어머니를 묻은 후, 그 자리에서 자기 심장에 말뚝을 박아 같이 잠들어버리는 것은 아닐까.

로라의 머릿속에 그런 불길한 예감이 스쳤다.

"니나. 같이 먹은 라멘, 맛있었죠?!"

"응? 갑자기 무슨 소리야……? 물론 맛있었지만……."

니나는 의아하다는 듯이 말했다.

"또 다 같이 먹으러 가요!"

"……하지만 난……."

"먹으러 가요! 세상에는 맛있는 음식이 잔뜩 있어요! 난 니나랑 같이 맛집 탐방을 다니고 싶어요!"

로라는 니나를 향해 불쑥 얼굴을 들이밀었다.

니나는 입을 딱 벌린 채 멍한 표정을 지었다.

그리고는 얼굴을 붉히며 수줍은 듯 시선을 피했다.

"하, 할 수 없지……. 로라가 그렇게까지 말한다면, 그렇게 해 줄게……."

"앗싸! 약속한 거예요!"

로라가 폴짝폴짝 뛰자, 샬롯 일동이 니나를 에워쌌다.

"그 약속, 나도 같이 할래요!"

"나도 맛집 탐방 할래. 수련을 많이 하려면 그만큼 영양분이 필요하니까."

"저도 학교 식당 직원으로서 맛집 탐방에 참가하겠습니다. 연구입니다."

"어머. 재밌겠다. 그럼 나도 낄까?!"

"꼭이요!"

"삐—."

이리하여 왕도 레디온의 맛집 탐방대가 결성됐다.

그래. 이왕이면 에밀리아도 참가시키자고, 로라는 은밀히 생각했다.

그러기 위해서라도 우선은 내일 아침이 밝자마자 병원으로 가,

이 쓰디쓴 재를 마시게 해야 한다.

※

니나는 묵을 곳이 없기에 로라와 샬롯의 방에서 지내게 됐다.

그녀는 열여덟 살이지만 로라와 몸집이 비슷해 잠옷도 같이 입을 수 있다.

요즘 로라는 동물 잠옷만 입지만 다른 잠옷도 갖고 있었다.

"……너희들 잠옷이, 꽤 귀엽네."

동물 잠옷을 본 니나는 흥미롭게 말했다.

"아아? 니나도 동물 잠옷에 관심이 있어요? 그럼 다음에 사러 가요!"

"니나한테는 어떤 동물이 어울릴지 지금부터 생각해둬야겠어요!"

"아담한 사이즈니까 햄스터는 어때요?"

"아아~~. 상상만 해도 귀여워요!"

"……너희들, 날 장난감 취급 하는 거지?!"

니나는 로라와 샬롯을 의심의 눈초리로 바라봤다.

그러나 니나는 만지는 재미가 있기에 장난감 취급 하지 마, 라고 하는 것은 무리다.

이미 참을 수 없어진 로라와 샬롯은 니나를 부둥켜안고 침대

위로 쓰러뜨렸다.

"으아아!"

갑작스러운 사태에 니나는 비명을 질렀다.

그러나 자비는 없다.

양쪽에서 볼을 비벼댔다.

"삐—."

즐거운 낌새를 눈치챘는지 하쿠도 이불 위로 폴짝 뛰어올랐다.

거기에 고양이 잠옷을 입은 안나와 미사키까지 방으로 들어왔다.

"오. 하고 있었군요."

"잠옷 파티에 끼러 왔어."

"어서 오세요! 자, 니나한테 길드레아 모험가 학교의 흥을 알려 주자고요!"

"딱히 그런 거 가르쳐주지 않아도…… 그보다, 너희들 전부 동물 잠옷인 거야?"

"제 귀와 꼬리는 진짜입니다!"

미사키는 어쩐지 자랑하듯 귀와 꼬리를 실룩거렸다.

실제로 미사키의 귀와 꼬리의 폭신함은 위대하다.

"이렇게 다시 보니, 그 귀랑 꼬리. 엄청 부드러워 보여……. 좀 만져 봐도 돼?"

"……니나 씨도 폭신폭신을 좋아하는 것입니까……. 만지면 간지럽지만 잠깐 정도라면 괜찮습니다."

그렇게 말한 미사키는 엉덩이를 니나에게 돌리고 꼬리를 내밀었다.

니나는 침대에 앉은 채 팔을 뻗어 미사키의 꼬리를 쓸어 올렸다. 한 번, 두 번, 손을 움직이는 것만으로 황홀한 표정으로 변했다.

그러더니 몸을 내밀어 여우 귀도 만졌다.

마치 당장이라도 하늘 위로 날아오를 듯한 얼굴이었다.

역시 미사키의 귀와 꼬리의 매력에 당할 자는 없다.

한편 미사키는 귀와 꼬리를 움찔거리며 간지러움을 필사적으로 참고 있었다.

"이, 이쯤에서 멈춰주십시오……!"

"앗, 미안. 너무 부드러워서 그만……."

니나는 얼굴을 붉히며 꼬리에서 손을 뗐다.

욕망에 굴복해버린 사실이 부끄러운 건지도 모른다.

그러나 괴물이라면 미사키의 꼬리를 보더라도 만지고 싶어 하지는 않을 것이다.

다시 말해 미사키를 만지는 것은 인간이라는 증거다!

전혀 부끄러워할 것은 없다!

"항상 저만 쓰다듬는 것은 불공평합니다. 가끔은 저도 여러분을 쓰다듬고 싶습니다!"

"그럼 만져주게 해준 대신 니나의 머리카락을 쓰다듬는 건 어때요? 까맣고 반질반질한 게 꼭 비단실 같아요."

로라는 적당히 제안했다.

"아아! 그거 좋은 생각입니다. 니나 씨, 각오하십시오."

"아아……."

니나는 당황한 듯 외쳤다.

그러나 미사키가 다가가도 도망치지는 않았다.

부끄러워하면서도 이러니저러니 하는 대로 내버려뒀다.

"아아…… 아아! 굉장합니다! 반질반질, 찰랑찰랑입니다!"

"아하! 그럼 오늘은 제1회 폭신폭신 & 찰랑찰랑 축제예요!"

"근사한 축제야. 한 달에 한 번은 열고 싶어."

"아아…… 다들 너무 귀여워서…… 모두 다 숭배하고 싶어요!"

"너희들…… 무슨 집단인 거야."

당황하는 니나를 무시하고, 모두 침대에 누웠다.

아무래도 이 정도 인원이면 살짝 비좁지만, 기본적으로 모두 다 몸집이 작다.

그리고 모험가 학교의 기숙사 침대는 힘세고 다부진 모험가를 기준으로 만들어졌다.

그것을 두 개 붙인 로라와 샬롯의 특제 침대는 폭신폭신 & 찰랑찰랑 축제를 그럭저럭 견딜 수 있다.

오히려 살짝 비좁아서 사이좋게 붙어 누울 수 있다.

“천국이에요~~.”

※

이윽고 날이 밝고, 창문 너머로 작은 새의 지저귐이 들려왔을 무렵.

“로라, 로라. 결과가 나왔어.”

로라는 대현자의 목소리에 눈을 떴다.

“우…… 흠냐…… 안녕하세요, 학장님……. 무슨 결과인데요? 혹시, 전 세계 오믈렛 대회는 꿈이 아니었나요……?”

“또 자기 입맛에 맞는 꿈을 꿨나 보구나……. 그게 아니라, 로라의 흡혈귀병이 나았는지 검사한 결과 말이야.”

침대 옆에 선 대현자가 그렇게 말하자, 로라뿐만 아니라 다른 소녀들도 느릿느릿 일어났다.

“하, 학장님. 그래서 결과는요?! 로라는 계속 인간으로 살 수 있는 거예요?!”

“괜찮아. 샬롯. 로라의 피에서 흡혈귀의 마력은 전혀 느껴지지 않았어. 다시 말해, 나은 거야. 잘됐구나, 로라.”

“아아……! 하아, 이제야 한숨 돌렸어요. 이제 안심하고 잠들 수 있어요!"

"로라에몬 씨. 어젯밤에는 일등으로 곯아떨어졌습니다만?!"

"폭신폭신 & 찰랑찰랑 축제의 주최자인데 제일 먼저 탈락했어. 그래서 중간부터는 잠든 로라의 말랑말랑 뺨 대회로 변경했어."

"세상에. 그런 대회를……!"

하지만 정말로 불안했었다.

비록 제일 먼저 잠들었어도 그것은 로라 개인적으로는 불면의 부류였다.

"그런데, 니나도 내 뺨을 만졌어요?"

"아…… 그게…… 아주 살짝……?"

니나는 시선을 방황했다.

수상하다.

그리고 예상대로, 샬롯이 히죽 웃으며 니나를 바라봤다.

"살짝이라고요? 니나의 고향에서는 그걸 살짝이라고 하는 거예요? 처음엔 머뭇거렸지만 중간부터는 날 밀치면서까지 만졌잖아요!"

"그, 그거야…… 로라의 뺨이 말도 안 되게 부드러우니까……! 그건 미사키의 꼬리를 뛰어넘었어!"

"맙소사! 져버렸습니다!"

로라는 그 정도인가 하고 고개를 갸웃했다.

직접 만져 봐도 별로 부드럽게 느껴지지 않는데 말이다.

“애초에 그렇게 만지는데도 깨지 않는 로라 잘못이야!”

“그건, 난 한 번 잠들면 아침까지 푹…… 그보다, 『그렇게』라고 자기 입으로 말할 정도로 만진 거예요?!”

로라가 지적하자, 니나는 「윽!」 하며 빨개져서 고개를 숙였다.

“니나. 실수로 자백했어. 이건 유죄야.”

“안나 재판장님. 어떤 형벌을 내릴까요?”

“눈에는 눈 이에는 이. 말랑말랑 죄에는 말랑말랑 벌을.”

“알겠어요. 후후후. 니나, 각오하세요. 우리한테 뺨을 내놓는 걸로 죄를 씻는 거예요…… 회개하는 거예요!”

“자, 잠깐! 말도 안 돼. 아침부터, 아아, 아아아……!”

로라 일행이 니나의 뺨을 주물럭대는 모습을, 대현자는 옆에서 즐거운 듯 지켜보았다.

그리고 약 오 분이 지났을 때.

“너희들, 이제 그쯤 해둬. 에밀리아한테 재를 갖고 가야지. 오전 수업은 내 권한으로 빼줄 테니까. 얼른 옷 갈아입고 세수하고 이를 닦으렴.”

“““““네!”””””

절대로 잊었던 것은 아니다.

단지 벌을 받는 니나의 표정이 지나치게 귀여운 것이 잘못이다.

“겨, 겨우 풀려났어…….”

니나는 침대에 힘없이 쓰러졌다.

그런 니나를, 이제야 일어난 하쿠가 「삐이?」 하고 의아한 듯이 바라보았다.

※

그리고 다 같이 에밀리아의 병실로 몰려갔다.

에밀리아는 이미 일어나 있었다. 그러나 자신이 병원 신세를 지게 된 경위를 기억하지 못하는 모습이었다.

그러나 니나를 보더니 「앗!」 하고 외쳤다.

"그래. 난 미라 같은 괴물한테 습격을 당했었어! 그 괴물한테 물려서 의식을 잃었고……. 니나, 괜찮았어?! 그 뒤로 어떻게 된 거야?!"

"진정해, 에밀리아. 내가 다 설명할 테니까."

대현자가 에밀리아를 진정시킨 다음 흡혈귀 사건의 전말을 이야기하기 시작했다.

그리고 에밀리아는 니나가 지난 구 년 동안 해왔던 일을 듣자마자 하염없이 울기 시작했다.

"니나……. 그렇게 가혹한 운명을 짊어지고 있었다니……. 그동안 애썼구나!"

에밀리아는 흐느끼면서 니나를 끌어안았다.

"고, 고마워……."

니나는 수줍게 말했다.

그리고 어째선지 샬롯까지 울고 있었다.

이미 한 번 들은 이야기인데.

따라서 우는 걸까.

"아무튼, 흡혈귀의 재를 마시면 흡혈귀로 변하는 걸 피할 수 있어요. 효과는 제가 이미 증명했어요!"

"그래…… 다들, 내가 잠들어 있는 사이에 싸워줬구나. 고마워……. 교사는 난데……."

"선생님도 참, 무슨 말씀이세요! 저희는 항상 에밀리아 선생님께 신세를 지고 있으니 가끔은 은혜를 갚지 않으면 천벌이 내릴 거예요."

"맞아요. 의사 선생님 말씀으로는, 에밀리아 선생님이 바로 깨어나지 못하신 건 과로로 인한 피로 때문이라고 하고요."

"하루 정도 더 입원하는 게 좋아. 푹 쉬고 피로를 푸는 게 중요해."

"에밀리아 씨는 학생들에게 사랑받고 있군요. 교사의 귀감입니다."

"그러니 에밀리아. 사흘 정도는 쉬도록 해. 수업은 손이 비는 교사한테 맡기거나 뭣하면 내가 교단에 설 수도 있어."

"고마워, 다들…… 하지만, 학장님이 교단에 서신다고요?"

"어머, 뭐야? 그 의심하는 듯한 눈빛은."

대현자는 섭섭하다는 듯이 뺨을 부풀렸다.

그러나 로라도 대현자가 교실에서 수업하는 모습을 상상할 수 없었다.

중간에 질려서 꾸벅꾸벅 조는 대현자를 학생들이 깨울 것 같다.

"……너희들까지 그런 눈으로 보지 마!"

"하, 하지만……."

학교 건물 안에 자신의 전용 수면실을 만든 사람인 것이다.

믿으라고 해도 좀처럼 믿기 어렵다.

로라는 평소의 행실이 얼마나 중요한지를 타산지석으로 배웠다.

주의해야지.

"그보다, 재를 마시는 게 좋지 않을까?"

니나가 냉정히 말했다.

"아 참. 그렇죠! 에밀리아 선생님. 꿀꺽 마시세요!"

로라는 작은 병에 담긴 흡혈귀의 재를 컵에 든 물에 녹였다.

어젯밤은 밤이라서 그나마 다행이었지만 이렇게 대낮에 보니 잿빛으로 변한 물은 꺼림칙했다.

마실 마음이 들지 않았다.

"……로라는 이걸 마신 거야?"

"네! 아홉 살인 제가 마셨으니 어른인 에밀리아 선생님이라면 아주 쉬울 거예요!"

"그, 그렇지……. 지금, 마실게!"

컵을 받아 든 에밀리아는 꿀꺽 한 모금을 마셨다.

그 순간, 우웩이라는 듯이 얼굴을 일그러뜨렸다.

"써! 너무 써, 이거! 흡혈귀의 이상한 성분이 들어 있는 거 아냐……?"

"괜찮아요. 병에 걸리지 않아요. 저도 마신 걸 어른이 못 마시는 거예요? 그래놓고 저희의 담임을 하시는 거예요?!"

"크……. 알았어. 마실게!"

에밀리아는 자포자기한 것처럼 남은 것을 입에 넣었다.

로라 일행 모두「원샷, 원샷」하고 외쳤다.

컵은 깔끔하게 비워졌다.

"성공이에요! 이제 에밀리아 선생님도 흡혈귀로 변하지 않는 거네요. 사건은 일단락됐어요!"

"로라……. 자기가 괴로운 일을 겪어서 내가 똑같은 일을 겪는 걸 즐긴 거지?"

"네? 그렇지 않아요!"

그만 억양이 부자연스러워졌다.

에밀리아는 못마땅한 얼굴로 로라의 뺨을 주물렀다.

그러자 대현자와 샬롯까지 주물렀다.

제2차 로라의 말랑말랑 뺨 대회다.

그러나 「병원에서는 정숙해주세요!」라고 간호사가 야단을 치는 바람에 제2차 대회는 삼십 초 만에 끝이 났다.

※

"그럼 난 이노비 마을로 갈게. 다들, 여러모로 고마웠어. 너희들 덕에 내 여행도 비로소 끝이 보이기 시작했어."

왕도의 성문 앞에서 니나는 그렇게 말하며 웃었다.

그녀의 목에는 어머니의 재가 든 작은 병이 매달려 있었다.

"니나. 꼭 돌아오세요. 같이 맛집 탐방을 하기예요! 그리고 동물 잠옷도 사러 가요. 약속이에요!"

"알고 있어. 금방 돌아올게……. 그럼, 다들, 또 봐."

가도를 걸어가는 니나의 뒷모습을, 로라, 샬롯, 안나, 미사키, 하쿠, 대현자가 손을 흔들며 배웅했다.

에밀리아도 오고 싶어 했지만 아직 몸을 회복 중이기에 병실에 남겨두고 왔다.

또 니나는 어머니를 묻어주고 바로 왕도로 돌아올 것이다.

머지않아 다시 만날 수 있다. 그렇게 약속했으므로.

"자, 그럼. 좀 이르지만 점심 먹을까? 내가 살게!"

"우와. 학장님, 시원시원하세요! 그럼 맛집 탐방대 사전 답사를 해요! 니나가 돌아오면 바로 안내할 수 있도록 다양한 가게를 돌아다녀두는 거예요!"

"좋은 생각입니다. 일단 오늘은 다섯 곳 정도를 도는 것입니다!"

"요즘 크레이프가 맛있다고 소문난 가게가 있어요."

"난 조각 케이크가 먹고 싶어."

"그래, 그래. 뭐든 말해. 단, 살쪄도 난 몰라. 그리고 오후 수업에 지장이 없는 선에서야."

그렇게 해서 다 같이 번화가로 향했다.

그러는 도중, 화려한 마차가 대로에서 로라 일행을 향해 돌진해 왔다.

도대체 뭔가 했더니 마차 창문으로 여왕이 빼꼼 얼굴을 내밀었다.

"아아! 드디어 찾았어. 대현자!"

"무슨 일이야? 폐하. 그렇게 허둥거리고."

"무슨 일이야라니! 어젯밤, 달이 새빨갛게 변했잖아? 한밤중이라서 목격자는 별로 없었지만…… 그건 대체 뭐였어? 보나 마나 너희랑 관련이 있는 거지?"

달이 붉게 물드는 괴이한 현상이 일어났다. 여왕이 야단인 것도 무리는 아니다.

아무리 그래도 『왕도의 이변 = 모험가 학교와 관련됨』이라는 생각은 너무한 게 아닐까.

다만 실제로 그러했기에 누구도 토를 달 수 없었다.

"그건. 그래. 소문이 돌았던 흡혈귀 짓이야."

"뭐야? 흡혈귀라고? 그런 게 실제로 존재할 리가 없잖아!"

"정말이야. 우리 집에 은말뚝이랑 시체를 태우고 남은 재를 보관해뒀어. 나중에 보여줄까? 그걸 연구하면 어쩌면 말뚝을 생산할 수 있을지도……."

"에헤잇. 여기 서서 떠들어 봤자다. 대현자, 넌 지금 당장 왕궁으로 와서 설명해!"

여왕은 마차에서 몸을 내밀어 대현자의 팔을 잡아당겼다.

대현자의 마법에 걸려 아이로 변한 여왕의 힘으로는 사람 한 명을 움직일 수 있을 리 없다.

그러나 대현자는 짐짓 「어머~」 하며 마차로 스르륵 들어갔다.

"다들 미안! 잠시 왕궁에 갔다 올 테니까 맛집 탐방은 다음에 해!"

그런 대현자의 말을 남기고, 마차는 달려가 버렸다.

"……우우. 아쉽지만 할 수 없네요. 상대는 여왕 폐하시니까요."

"맞아요. 흡혈귀 희생자가 다섯 명이나 나왔으니 폐하께도 설명을 드려야 해요."

"그래도 아쉽습니다. 이 아쉬움은 모험가 라멘으로 달래는 수밖에 없는 것입니다."

"마늘 사리 곱빼기로 먹고 싶어."

"우와. 안나, 도전이네요! 그럼 저도 마늘 사리 곱빼기로 할래요!"

"삐—."

그리고 로라 일행은 마늘 냄새를 온몸에 풍기면서 오후 수업에 참가했다.

에필로그

다시 이틀 연휴인 주말이 찾아왔다.

니나는 아직 돌아오지 않았다.

"……어떻게 된 걸까요. 무슨 문제라도 생긴 걸까요?"

로라는 침대 위에서 하쿠를 껴안으면서 투덜거렸다.

"진정해요, 로라. 이노비 마을은 걸어가면 가는 것만 해도 몇 주가 걸려요. 니나가 떠난 지는 아직 일주일도 되지 않았어요."

"하지만 니나는 흡혈귀잖아요? 밤이 되면 날개를 펼쳐서 슝 날아가면 하룻밤 만에 도착할 수 있어요. 이렇게 시간이 걸리는 건 이상해요."

"그건……."

샬롯은 우물거렸다.

니나는 금방 돌아온다고 말했었다.

로라 일행은 그 말을 믿고 보내줬다.

하지만 그것은 거짓말이었을까.

역시 부모님과 함께 잠들고 싶었던 걸까.

"걱정 말아요. 분명 오랜만에 간 고향이 반가워서 돌아오는 게

늦어지는 것뿐이에요."

"그런 거라면 다행이지만요……."

아니다. 분명 그런 것임이 틀림없다.

약속했기 때문이다.

주말쯤에는 맛집 탐방대의 작전 1호를 실행에 옮길 수 있을 터다.

그렇게 생각하기로 한 로라는 하쿠를 머리 위에 태우고 힘차게 일어났다.

"자. 안나랑 미사키를 불러서 란정에 가요!"

기분이 가라앉을 때는 맛있는 음식을 먹는 게 제일이다.

오늘은 보통 라멘에 삶은 달걀과 차슈를 토핑으로 하자.

한때는 적이었던 레디온 파스타에서 돼지고기를 저렴하게 넘겨받음으로써 차슈가 평소보다 저렴해졌다.

"차슈면에 차슈 덮밥도 추가하겠습니다."

"난 파를 잔뜩 넣어 먹을래."

그런 여느 때와 다름없는 대화를 나누며 란정으로 향했다.

"란 씨~. 안녕하세요~."

로라는 란정의 문을 드르륵 열었다.

가게 안은 만석이었다.

바로 앉지 못하는 것은 유감이지만 란정이 손님들로 북적이는 것은 굉장히 멋진 일이다.

그러나 엄청나게 신경 쓰이는 광경이 있었다.

그 광경을 보는 순간, 로라 일행은 너무 놀라 얼어붙었다.

상대도 「아!」 하며 컵을 얹은 쟁반을 든 채 우뚝 멈춰 섰다.

세상에 니나가 하나로리를 입고 란정에서 일을 하고 있는 게 아닌가!

"니나! 어떻게 된 거예요?! 돌아왔으면 알려주세요! 그리고 귀엽네요!"

"그게, 왕도에는 오늘 아침에 막 도착해서…… 나중에 알리러 갈 생각이었는데…… 그보다, 너무 쳐다보지 마!"

니나는 부끄러운 듯이 몸을 꼬았다.

사실은 치마를 손으로 누르고 싶겠지만 쟁반을 들고 있어서 그럴 수도 없다.

"어이, 빨리 물 갖다 줘!"

"앗, 네!"

손님의 부름에 니나는 황급히 테이블로 향했다.

아무래도 진지하게 일하는 중인 모양이다.

오늘 아침 막 도착했다고 했는데, 어떤 경위로 이렇게 된 걸까.

"로라 일행의 목소리다해. 어서 와라해. 자리가 꽉 찼으니 조금만 기다려달라해."

안쪽 주방에서 라멘을 든 란이 나타났다.

"저기…… 란 씨. 어째서 니나가 여기서 일하고 있는 거예요?"

"놀랐냐해? 나도 놀랐다해. 오늘 아침에 일어났더니 가게 앞에 배가 고파서 쓰러져 있었다해. 그래서 라멘을 만들어줬더니 답례로 가게 일을 돕겠다고 했다해."

"그랬군요……. 니나한테 여비를 주고 보냈어야 했어요."

"다른 사람도 아닌 내가…… 그걸 눈치채지 못했어요."

"아, 아니…… 그만큼 신세를 져놓고 돈까지 받는 건 염치가 없기도 하고…… 무일푼인 건 익숙하니까 괜찮아!"

"괜찮지 않으니까 란정 앞에 쓰러져 있었던 거 아닌가."

"안나 씨. 명추리입니다."

"삐—."

모두의 지적에 니나는 얼굴을 붉혔다.

"하지만 덕분에 살았다해. 바빠서 혼자서 가게를 보는 건 힘들었다해. 가능하다면 매일 도와줬으면 싶을 정도다해."

란의 말을 듣고, 니나는 잠시 생각에 잠겼다.

그리고 머뭇거리며 뜻을 전했다.

"나, 나도 왕도에서 일할 곳을 찾고 있었으니까…… 혹시 란 씨가 괜찮다면, 이대로 계속 일했으면 싶기도 해……."

"오오! 그거 기쁘다해! 그럼, 니나는 지금부터 정직원이다해! 잘 부탁한다해!"

"응…… 잘 부탁해! 그리고, 어디 싸게 빌릴 수 있는 방이 있을까……? 왕도에 살기로 정한 이상, 다리 밑에서 지낼 수도 없는 노릇이고……."

지금까지는 다리 밑에서 지냈던 걸까.

고생이 이만저만 아닌 흡혈귀다.

안나는 자기보다 더 가난한 사람을 보고, 눈시울이 붉어졌다.

샬롯은 눈물을 뚝뚝 흘리며 통곡했다.

"그런 거라면 란정 이 층에서 나랑 같이 살겠냐해? 좁지만 방이 하나 남았다해."

"그, 그래도 돼?!"

"물론이다해. 니나처럼 귀여운 애라면 내가 먼저 부탁하고 싶을 정도다해."

"다행이다……. 란 씨, 고마워요!"

니나는 지금까지 본 중 최고의 미소를 지어 보였다.

그녀에게는 더 이상 아무 짐도 없는 것이다.

몸은 인간이 아닐지 몰라도 앞으로는 평범한 소녀로서 살아갈 수 있다.

다만 한 가지.

고용주인 란에게는 니나가 흡혈귀라는 사실을 알려야 하리라.

"니나. 니나. 나중에 손님들이 나가고 나면 란 씨에게 정체를 밝히는 게 좋아요. 란 씨가 내칠 일은 없겠지만…… 나중에 들키는 것보다는 먼저 말하는 게 좋아요."

로라는 니나에게 조용히 귓속말을 했다.

그러자,

"실은 아까 라멘을 얻어먹을 때 전부 말했어……."

예상치 못한 대답이 돌아왔다.

그때 란이 다가와 손님들에게 들리지 않게끔 목소리를 낮춰 말하기 시작했다.

"니나의 정체라면 들었다해. 즉, 정의의 흡혈귀다해. 놀라긴 했지만, 라멘 가게 앞에 배가 고파서 쓰러져 있는 아이가 나쁜 아이일 리 없다해."

란은 굉장한 주장을 했다.

그러나 그것은 터무니없어 보여도 맞는 말 일지도 모른다.

굶주림 때문에 쓰러지는 흡혈귀가 무슨 수로 나쁜 짓을 하겠는가.

"그렇군요! 란 씨가 사정을 알고서도 이해해줬다면 문제없어요! 그럼 해결된 거네요!"

로라는 남의 일이지만 안심했다.

그리고 니나에게 약속을 지켜준 것에 대한 고마움을 전했다.

“니나. 약속대로 돌아와 줘서 고마워요. 이제 맛집 탐방을 할 수 있는 거네요!”

“돌아오는 게 당연하잖아……. 그야, 그러니까, 난…… 너희를, 좋아하니까!”

니나는 삶은 문어처럼 새빨개지면서도 분명히 말해주었다.

그래서 로라도 니나의 손을 잡고 말했다.

“네! 나도 니나가 좋아요! 니나는 내 친구예요!”

로라뿐만 아니라 모두가 돌아가며 니나를 꼭 껴안았다.

이리하여 팔레온 왕국의 왕도 레디온에는 수인과 신수 외에 흡혈귀까지 둥지를 틀었다.

외 전　흡혈귀와 차원 창고

란정이 그야말로 북새통을 이루는 바람에 로라 일행도 오랜만에 일손을 돕기로 했다.

그리고 세 시가 되어 점심 장사가 끝났다.

이로써 드디어 로라 일행도 점심을 먹을 수 있다.

"후우…… 라멘 가게 직원이 이렇게 힘든지 몰랐어……."

니나는 성대한 한숨을 내쉬며 의자에 털썩 앉았다.

"수고했다해. 오늘은 특별 손님이 많았다해. 평소에는 이 정도로 바쁘진 않으니 안심해라해."

"다행이다……. 매일 이러면 죽을 거야……."

세상에. 흡혈귀는 심장에 은말뚝이 박히지 않는 이상 죽지 않을 텐데. 바쁜 라멘 가게에서 일하게 하는 다른 살해법이 있었을 줄이야.

"지금 모두의 라멘을 만들겠다해. 조금만 기다려라해."

란은 그렇게 말하고는 주방으로 들어갔다.

로라 일행도 의자에 앉아 라멘을 기다리기로 했다.

그때, 니나가 문득 생각난 듯이 중얼거렸다.

"참, 로라. 너 차원 창고라는 마법을 쓸 수 있지? 뭔가, 꺼냈다 뺐다 하는 마법."

"상당히 대략적인 인식이네요……. 알겠어요? 차원 창고라는 건 말이죠—."

로라는 차원 창고를 설명했다.

"흠. 이 세계로부터 살짝 비껴난 세계를 창고로 쓴다는 거네……. 잘 모르겠지만 알 것 같아."

"나도 잘 모르지만 안다고 생각하고 있어요!"

어디까지나 로라는 이미지만으로 차원 창고를 쓰고 있다.

그러나 애당초 마법이라는 것은 이미지의 힘이 중요하다.

『반드시 할 수 있다』라는 확신을 갖는 일이 마법의 성공으로 이어진다.

그 최고의 예가 로라의 부모님이다.

그들은 『우리는 강해』라는 확고한 이미지를 갖고 있었기에 모르는 사이에 강화 마법을 익히고, 그것을 『기합의 진심 모드』라고 칭했다. 사실은 마법인데 말이다.

"그 차원 창고라는 곳에 가보고 싶어. 들어가게 해줄 수 있지?"

니나는 그런 말을 꺼냈다.

그러자 미사키가 귀와 꼬리를 흔들면서 대화에 끼어들었다.

"그건 좋습니다. 니나 씨도 한 번은 차원 창고를 봐두는 것입니다."

"응? 뭐야? 그렇게 좋은 곳이야?"

"그건 기대해주십시오."

"점점 궁금해지기 시작했어. 그러니 로라. 날 차원 창고에 보내줘."

"……알겠어요. 에잇!"

로라로서는 별로 추천하지 않지만 본인이 보내달라고 하니 바라는 대로 차원 창고로 보내주기로 했다. 딱히 목숨과 관련된 것도 아니고.

니나가 차원 창고로 사라진 후, 샬롯과 안나가 지르퉁한 눈으로 미사키를 노려봤다.

"미사키. 나빠요. 전에 자기가 차원 창고에서 무서운 경험을 했다고 니나한테까지 그걸 겪게 하다니……."

"차원 창고는 무서운 곳이야. 기대할 건 하나도 없어."

"섭섭합니다. 니나 씨가 먼저 차원 창고 이야기를 꺼낸 것입니다. 미사키는 아무것도 하지 않았습니다."

미사키는 짐짓 미소 지었다. 의외로 고약한 구석이 있는 모양이다.

"자, 삼 분이 지났으니 이제 불러내요! 에잇!"

니나는 원래의 자리로 돌아왔다.

한때 미사키가 그랬던 것처럼 흐느낄 거라고 생각했더니—.

멀쩡했다. 일부러 센 척을 하는 것 같지도 않다.

"니, 니나 씨……. 캄캄해서 사방도 분간할 수 없는 차원 창고가…… 무섭지 않은 것입니까?!"

"응? 딱히……? 오히려 어두우면 마음이 편안해지는데……?"

아아, 그런가.

생각해보니 니나는 흡혈귀였다. 흡혈귀를 암흑의 세계로 보낸다고 무서워할 리가 없다.

"시시합니다. 시시합니다!"

"응? 뭐야. 무슨 말이야? 혹시 미사키…… 날 겁주려고 한 거야?"

"그, 그렇지 않습니다……. 아아, 꼬리를 만지면 안 됩니다!"

"아니. 용서 못 해! 로라, 나랑 미사키를 차원 창고로 보내줘. 거기서 마구 만질 거야!"

"히이이익. 캄캄한 데다 만지기까지 하다니, 고문입니다아아아!"

미사키는 비명을 질렀지만 재미있을 것 같기에 로라는 두 사람을 차원 창고로 보내버렸다.

그때 란이 라멘을 얹은 쟁반을 들고 왔다.

"기다렸다해. 니나랑 미사키는 어디 갔냐해?"

"두 사람은 암흑 조물조물을 하고 있어서 한동안 돌아오지 않을 거예요. 라멘이 불면 안 되니까 우리가 먹을게요!"

"하아…… 잘 모르겠지만 제대로 먹어준다면 그걸로 됐다해."

이로써 하쿠에게 라멘을 나누어줘도 로라의 라멘은 줄지 않는다.

오히려 니나와 미사키의 라멘을 다 같이 나누면 평소보다 많이 먹을 수 있을 정도다.

계획 성공이다!

■작가 후기

오랜만입니다. 넨쥬무기챠타로입니다.

마침내 4권까지 나왔습니다. 이것도 구입해주신 독자 여러분 덕분입니다. 앞으로도 잘 부탁드립니다.

자. 이번 4권에는 드라마 CD 수록 한정 특별판이 있습니다.

각본은 제가 썼습니다.

내용은 언제나처럼 오믈렛을 먹는다, 먹지 않는다로 야단을 떠는 따뜻한 백합 코미디입니다.

녹음 현장에는 저도 가보았습니다만, 역시 프로 성우에게는 오라가 있습니다!

그런 분들이 제가 쓴 각본을 토대로 연기를 해주시니 「굉장한 일이 돼버렸어」라며 감동하기 바빴습니다.

게다가 녹음 스태프 분들이 척척 작업을 하셔서 저는 방해가 되지 않도록 구석에서 조용히 있기 바빴습니다.

그리고 제가 방해하지 않은 덕분에 굉장한 드라마 CD가 완성

됐습니다!

로라, 샬롯, 안나 세 사람뿐만 아니라 하쿠, 미사키, 에밀리아, 대현자들의 무대도 빠짐없이 있으니 어느 캐릭터의 팬이든 안심하셔도 됩니다. 그리고 그 수수께끼에 쌓인 영웅『파자마레인저』도 대활약을 펼칩니다!

마침 다섯 번째를 들으면서 이 후기를 쓰고 있습니다.

아아, 재미있습니다.

제가 쓴 각본이라고 생각할 수 없을 만큼 재미있습니다.

더욱이!

로라를 연기해주신 토요타 모에 씨와 샬롯을 연기해주신 이토 미쿠 씨의 성우 유닛『Pyxis』가 부르는 캐릭터송도 이 책과 동시 발매될 예정입니다!

아직 저도 들어보기 전이라 무척 기대하고 있습니다!

그럼 5권에서 또 뵙겠습니다. 안녕히!

검사를 목표로 입학했는데 마법 적성 9999라고요?! 4

초판 1쇄 발행 2018년 12월 10일
1판 2쇄 발행 2020년 3월 4일

지은이_ Mugichatarou Nenjuu
일러스트_ Riichu
옮긴이_ 김보미

발행인_ 신현호
편집장_ 김은주
편집진행_ 김기준 · 김승신 · 원현선 · 권세라
편집디자인_ 양우연
국제업무_ 정아라 · 전은지
관리 · 영업_ 김민원 · 조은걸 · 조인희

펴낸곳_ (주)디앤씨미디어
등록_ 2002년 4월 25일 제20-260호
주소_ 서울시 구로구 디지털로 26길 111 JnK디지털타워 503호
전화_ 02-333-2513(대표)
팩시밀리_ 02-333-2514
이메일_ lnovelpiya@naver.com
L노벨 공식 카페_ http://cafe.naver.com/lnovel11

ISBN 979-11-278-4786-9 04830
ISBN 979-11-278-4376-2 (세트)

값 9,000원

L NOVEL

흔해빠진 직업으로 세계최강 1~8권

시라코메 료 지음 | 타카야Ki 일러스트 | 김장준 옮김

『왕따』를 당하던 나구모 하지메는 같은 반 아이들과 함께 이세계로 소환된다.
차례차례 사기적인 전투 능력을 발현하는 반 아이들과는 달리
연성사라는 평범한 능력을 손에 넣은 하지메.
이세계에서도 최약인 그는 어떤 반 아이의 악의 탓에
미궁의 나락으로 떨어지고 마는데—?!
탈출 방법을 찾을 수 없는 절망의 늪에서
연성사로 최강에 이르는 길을 발견한 하지메는
흡혈귀 유에와 운명적인 만남을 이루고—.
"내가 유에를, 유에가 나를 지킨다. 그럼 최강이야. 전부 쓰러뜨리고 세계를 뛰어넘자."

나락으로 떨어진 소년과 가장 깊은 곳에 잠들었던 흡혈귀가 펼치는
『최강』 이세계 판타지 개막!

©KAZUTOSHI MIKAGAMI 2017 ILLUSTRATION: fal maro
KADOKAWA CORPORATION

발할라의 저녁 식사 1~4권

미카가미 카즈토시 지음 | fal maro 일러스트 | 이신 옮김

신계의 부엌 『발할라 키친』의 저녁 준비 시간은 언제나 매우 바쁘다!
말할 수 있는 멧돼지인 나, 세이는 주신 오딘 님의 지명을 받아
이곳의 식사 준비에 도움을 주러 왔어.
―『요리되는 쪽』으로서!
아니, 확실히 내가 「하루 한 번 되살아난다」는
신기한 능력을 갖고 있기는 하지만,
그렇다고 해서 「매일 죽어서 밥이 되어라」라니 너무하지 않아?!
……뭐, 그 덕분에 아름답고 귀여운 발키리 브룬힐데 님 곁에 있을 수 있으니까
모든 게 다 괴로운 건 아니지만 말이지…….
응? 어라? 신계 No.2 로키 님이 어째서 이곳에?
어? 신계에 위기가 찾아왔으니 함께 가자고?!
아니, 나는 평범한 멧돼지인데요으아아아아아―!

제22회 전격 소설 대상 《금상》수상작!
신들의 부엌을 무대로 펼쳐지는 『부드러운 신화』 판타지!